Le rêve africain

Martine lady Daigre

Le rêve africain

© 2025 Martine Lady Daigre

Édition : BoD · Books on Demand, 31 avenue Saint-Rémy, 57600 Forbach, bod@bod.fr

Impression : Libri Plureos GmbH, Friedensallee 273, 22763 Hamburg (Allemagne)

ISBN : 978-2-3225-9596-9

Dépôt légal : juin 2025

À vous lecteurs et lectrices, je dédie ce livre.

Notes de l'auteure

Toute ressemblance avec des personnes, des noms propres, des lieux privés, des noms de firme ou d'établissements, des situations existantes ou ayant existé, ne saurait être que le fruit du hasard.

Les deux langues parlées au Kenya sont le plus souvent l'anglais et le swahili, mais j'ai utilisé le français avec des introductions de mots africains dont glossaire ci-dessous, swahili-français.

Bei nafuu c'est très bon marché

Gari voiture

Ghali Sana c'est trop cher

Jambo bonjour, bonsoir

Kahawa café

Kulia droite

Kwaheri au revoir

Ndiyo oui

Nina aboya j'ai un garçon

Ninaitwa manu je m'appelle

Nina kiu j'ai soif

Nina njaa j'ai faim

Ninataka kahawa je voudrais un café

Nipateni ! à l'aide !

Pesa argent

Pole pardon

Polisi police

Samahani excusez-moi, svp

Sina saana je ne me sens pas très bien

Février 2024. Aéroport de Kisuma, Kenya.
Vendredi 6 heures.

Il avait lu tant de fois les feuilles qu'il les connaissait par cœur, alors il avait jugé inutile de les ranger dans la valise. Il connaissait la violence des mots envers le destin impitoyable de l'aïeul. Il avait ressenti sa peur, sa crainte, et sa colère à travers les paroles étouffées, d'abord orales, puis libérées, écrites par une personne plus instruite que ne l'était l'ancêtre livrant son témoignage à sa descendance. Il ne voulait pas prendre le risque que son bagage fut égaré avec les précieux feuillets, cela l'aurait empli de désespoir ; ils attendraient, là-bas, chez lui, dans le tiroir détraqué de la commode entre deux tee-shirts.

Le haut-parleur annonça l'embarquement de son vol. Simba se leva, les pensées tournées vers un passé si présent.

« 1 830.
Le rayon lunaire franchissait le seuil de la porte entrouverte. Elle ajoutait une teinte blafarde à celle de l'huile dans la lampe.

Les bras s'élevèrent lentement vers le plafond. Dans la main droite, un couteau, dans la gauche, une coupe. La lame au tranchant aiguisé sectionna d'un geste assuré le cou. La tête roula sur le côté. Le récipient recueillit le sang.

La puissance de l'acier avait ôté la vie en une fraction de seconde.

La lame s'attaqua ensuite à fendre la chair abdominale. Les doigts s'enfoncèrent et pratiquèrent une éviscération rapide. Les entrailles étalées sur la modeste planche de bois exhalaient leur odeur de mort.

L'homme se pencha, les renifla, les écarta avec l'ongle de son index droit. La lecture était confuse. Il s'empara du récipient, avala une gorgée de sang tiède ; il devait comprendre. Goût de fer dans la bouche plus prononcé que d'habitude, avec une sensation d'âpreté qui le fit frissonner. Il ne s'était jamais trompé.

Les esprits envoyaient des signes depuis l'au-delà.

Le mal arrivait.

Le coq n'était pas mort pour rien.

Le sage avait toujours proclamé qu'au commencement, il n'y avait ni maître, ni personne soumise. L'harmonie régnait entre les hommes. Il n'y avait pas de cannibalisme pour s'approprier la force du vaincu.

Puis la convoitise avait changé l'individu.

Le règne du fort écrasant le faible était tombé sur nous comme la foudre sur la terre un jour d'orage.

La soumission s'appelait désormais esclavage ; elle était contraire aux lois naturelles enseignées depuis la nuit des temps, égarant le possesseur dans un profit dont la fin devenait inatteignable.

Le cannibalisme avait pris la forme d'une vente d'êtres humains sur un marché, exhibant la musculature de ce nouveau bétail comme une valorisation de la force du vainqueur.

Depuis qu'ils m'avaient jeté à fond de cale, enchaîné avec mes frères noirs, j'avais perdu mon identité. J'étais mon ectoplasme, j'étais transparent, j'étais vaporeux.

Ma parole n'avait plus aucune valeur.

Ma pensée était bafouée.

Le souffle du vent pouvait m'effacer de la surface de la terre, cela n'aurait rien changé. Le soleil continuerait à se lever chaque matin, brillerait jusqu'au soir, et se coucherait chaque fois que la lune lui volerait sa place.

Je n'existais plus malgré mes revendications qui s'étaient poursuivies en supplications. Elles étaient mortes dans un silence pesant que, seul, le bruit des vagues contre la coque était arrivé à rompre. Je n'étais même plus l'ombre de moi-même, car l'ombre était la trace de l'homme et de trace, il ne devait y avoir.

La couleur de la peau était aussi noire que l'ébène, le corps aussi dur que ce bois a enduré les charges, prisonnier des chaînes attaquées par le sel des larmes.

La pensée réactionnaire échauffait le cerveau et s'étouffait sous la verge.

Le témoignage avait autant de prix qu'une bouteille jetée à la mer : VIDE.

L'homme noir était né libre et finissait privé de liberté sans avenir autre que celui d'espérer la délivrance ou la mort.

J'essayais de ne plus penser, de ne plus imaginer, sans y parvenir.

Qu'étais-je parmi ces hommes et ces femmes que je n'avais jamais vus ? aux origines inconnues ? si différent d'eux et pourtant si proche ?

Je croyais avoir atteint la terre promise, le regard tourné vers des cieux cléments, et j'étais tombé dans le gouffre de l'absurde à croire la vraisemblance.

L'existence du moi s'était dissoute dans le rien. Je n'étais qu'une coquille vide, conscient de ma condition.

Le désespoir avait remplacé peu à peu l'angoisse première.

La pensée mortifère était devenue mon salut et je m'y complaisais.

Singulier équivalait à utopie.

Nous n'étions pas des frères d'armes, nous étions des frères de chaînes dès que le soleil amorçait sa lente descente vers le crépuscule.

Le fouet ne claquait plus. Il était inutile de le manier à cette heure du jour puisque le métal avait remplacé la corde de cuir tressé et que celui-ci nous reliait les uns aux autres, maillons d'une chaîne vivante marchant vers les baraquements, nous obligeant à avancer en file indienne. Les cercles d'acier entourant nos cous ressemblaient à des colliers rouillés portés par les chiens que nous étions à présent.

Que l'un de nous trébuchât, la cohorte s'ébranlait ; que l'un de nous fléchît, elle s'écroulait et rampait sur le sol telle un maladroit serpent. Alors chacun exhortait au courage de peur d'être traîné ou piétiné par celui qui marchait derrière avec un automatisme répugnant. Si un homme tombait, il était aussitôt relevé par des bras meurtris, soutenu par des frères moins harassés que lui afin qu'il survécût pour affronter le lendemain.

Quelle fierté y avait-il à être un survivant ? un moribond progressant vers son calvaire ? Chaque soir, je m'interrogeais et, au matin, je n'avais toujours pas trouvé la réponse. Alors, je pleurais, et me levais.

Une guerre perdue d'avance.

Les doigts se rétractaient sans que je ne les commande. Ils obéissaient malgré la douleur, malgré les coupures à ramasser les boules blanches et à les entasser dans le sac de toile.

Douleur des bras à force de porter.
Douleur du dos à force d'être courbé.
Douleur des jambes à force de les plier.
Picotements descendant des épaules jusqu'aux mains.
Élancements glissant le long de la colonne vertébrale sur le trajet des nerfs endommagés, tant sollicités que je craignais la paralysie à chaque instant. Je craignais l'inutilité.

J'étais une machine vivante aux gestes mécaniques qui traînait ses os, un pas après l'autre, sur une terre à l'horizon bouché.

J'exécutais les ordres.
Je ne réfléchissais pas.
Ma vie ne m'appartenait plus. Elle avait disparu dans un brouillard de phrases criées. Je n'écoutais plus, je n'entendais plus, ma présence était tournée vers le passé.

J'étais mort et, pourtant, j'étais là, à respirer encore, peinant à me tenir debout.

Le fouet avait, une nouvelle fois, claqué dans les airs. La main n'avait pas tremblé ; dureté du regard sur le dos de l'homme puni, un vieillard de 50 ans passés qui n'avait plus la force d'accomplir ce que le maître demandait, mais n'exécutait pas lui-même.

La sanction, c'était l'autre qui la donnait, un rictus sur la figure, méprisant ce que nous étions, nous rabaissant au rang d'animaux dociles à encaisser les coups.

Lorsque je le voyais agir de la sorte, j'avais envie de me révolter, de tenir fermement la sagaie d'autrefois, de la lui enfoncer dans le ventre, de le regarder s'étonner de mon audace. Je l'imaginais s'affaissant, les yeux vitreux, la vie s'échappant de son corps, mais je n'étais pas lui, je n'étais pas une bête sanguinaire. Personne ne m'avait appris à tuer pour le plaisir. Chez moi, personne ne chassait l'homme, ni le traquait avant qu'ils ne vinssent.

Lequel, du maître ou de lui, aurait mérité le châtiment de la vengeance ? À mes yeux, ils étaient égaux dans la sentence.

J'avalais ma rancœur.

Je patientais.

Je savais qu'un matin l'homme blanc nous chasserait après avoir épuisé les ressources de sa plantation et celles de notre endurance, nous abandonnant à notre sort, et j'espérais chaque soir ce jour béni ayant un goût de liberté retrouvée. Plutôt mourir de faim libre que sous un joug. Esclave qu'on ne jetterait plus dans un trou à sa mort, mais qui aurait une sépulture digne afin que personne ne l'oubliât. Comme autrefois, sur le sol de mes ancêtres.

Le chien dévorait les restes de la dépouille, babines retroussées à qui aurait osé s'approcher. Auparavant, il s'en était fallu de peu qu'il ne mordît la main tendue posant au sol l'écuelle remplie de sang qu'il avait aussitôt lapé goulûment.

Festin de roi accordé par son maître après la chasse ; ce maître préférant nourrir l'animal domestique plutôt que celui qui trébuchait, affamé, sous le labeur ordonné par ce dernier.

INDIFFÉRENCE.

La bête au-dessus de la bête, telle était notre condition en ce sinistre lieu.

Obnubilée par la concupiscence depuis des mois, la tentation avait orienté le maître vers une action mauvaise.

La clairvoyance avait été ce discernement par lequel j'avais entrevu l'âme de celui-ci.

J'avais espéré un retournement, qu'il eût retrouvé la vue et eût distingué, à travers l'opacité de ses actes, la réalité, lumières de la vérité, assassin de notre liberté.

Le négrier était un appel aux crimes, le maître, un vil complice.

L'esclave était le produit de l'enfer sur terre.

La propriété de soi-même avait, à tout jamais, disparu.

Je savais que le blanc se reposait à cause de la chaleur. Il était à l'image de l'enfant ou du vieillard ; il suspendait le temps dans les bras de Morphée.

La sieste.

Je savais qu'il était assoupi sous un arbre ou dans le fauteuil du salon pendant que Mary l'éventait. Jamais il ne dérogeait à ce repos du début de l'après-midi. Il confiait à son entourage que cela lui permettait de récupérer et que les bienfaits seraient ressentis à son réveil. Grâce à cette pratique, il débordait d'énergie et d'efficacité pour aller jusqu'au soir.

Pendant qu'il dormait, moi, je m'échinais sur la plantation, efficace sans m'arrêter une seule seconde. La sueur ruisselait sur mon corps avec l'envie de boire qui ne se calmerait que tardivement, à la case nommée pompeusement « habitation », rondins de bois empilés avec un toit en tôle, froid l'hiver, étouffant l'été, si je ne mourais pas avant sous les coups du fouet.

Pas d'interruption pour l'homme noir.

L'homme blanc, éprouvait-il des sentiments pareils aux miens ?

Lorsque je l'entendais aboyer ses ordres sur nous et le voyais changer d'attitude avec la femme blanche qu'il courtisait, devenant mielleux dans l'unique but de la conduire à sa couche, je doutais de sa sincérité.

Un sage m'avait raconté que, dans les temps anciens, une « toubab » s'était amourachée d'un noir et avait voulu s'enfuir avec lui. Les blancs s'étaient élancés à leur poursuite, les avaient rattrapés sans mal, et, au lieu de maudire la blanche pour sa conduite irraisonnée, ils avaient pendu le noir à l'arbre sacré de la tribu, sacrilège à la hauteur de la punition infligée à cet homme qui avait cru à la puissance de l'amour. Charme de l'exotisme ensorceleur tourneboulant les esprits. Il avait été enterré sous les couches de mépris des blancs et l'amour des siens.

La raison avait divisé les êtres. Elle les avait exhortés à construire des murs infranchissables.

Je débordais d'amour pour celle qui accompagnait mes jours et partageais mes nuits, mais avions-nous raison d'engendrer l'enfant que le maître blanc finirait par nous voler plus tard ?

Serpent qui se mordait la queue, l'Amour n'était-il pas notre pire ennemi ?

Un matin, un homme était venu pour notre salut. Face à notre infortune, l'homme blanc habillé d'une tenue sombre nous avait demandé de renier nos esprits, les âmes de nos ancêtres, toutes ces entités en lesquelles nous avions cru depuis notre naissance. Mais elles étaient une partie de nous. Nous ne pouvions envisager de ne plus les vénérer lorsque la nuit aurait étendu son voile noir, celui qui effrayait tant l'étranger venu d'un pays que nous ne connaissions pas.

L'homme blanc s'était affairé à bâtir une maison qu'il avait baptisée « temple » non loin du village. Devant son incapacité à aboutir, il avait sollicité notre aide. Notre chef la lui avait accordée, car l'hospitalité nous avait été enseignée par nos pères, et les pères de nos pères. Nous avions offert nos bras pour abattre les arbres et nos corps pour construire. Lorsque tout avait été terminé, il nous avait invités à venir écouter la parole de son dieu. Nous étions venus, nous avions entendu et nous étions partis sans avoir compris de quoi il avait parlé et de qui.

Le mal et le bien étaient pour cet homme blanc vêtu de noir un dilemme. Avoir des enfants avec une autre femme que la sienne était punissable, clamait-il, mais il ignorait qu'ici peu d'enfants atteignaient l'âge d'être considérés comme un homme pour un garçon ou de pouvoir enfanter pour une fille. Nombreux, étaient-ils ; six à huit par famille ; nos esprits le comprenaient et nous les honorions en retour.

Esprit des arbres et des rochers, esprit des rivières et des cascades, Mogaï, Dieu suprême demeurant dans l'arbre sacré qui recevait nos sacrifices en remerciement pour sa clémence.

Malgré notre manque d'assiduité à écouter la parole divine, il était resté parmi nous. Il avait pris femme blanche selon ses rites ; bientôt, elle serait mère.

D'autres blancs étaient venus. Ils nous avaient réclamé des terres à cultiver et nous leur avions offert une partie des nôtres. La terre, n'appartenait-elle pas à celui qui la foulait ?

Plus tard, d'autres les avaient rejoints. Des gens mauvais, toujours plus nombreux à nous chasser du sol de nos ancêtres avec leurs armes de feu contre lesquelles nous n'avions pu lutter avec nos sagaies. Ils avaient pillé les richesses de notre sol et avaient volé nos arpents cultivables, mais cela ne leur avait pas suffi. J'ai gardé en mémoire la peur engendrée et le soulèvement de mes frères noirs des tribus voisines contre nous, ces frères capturant nos valeureux guerriers pour les leur vendre afin qu'ils les épargnassent, eux et leur village. Où se situait le mal dont parlait l'homme du temple ? ce manichéisme qu'il évoquait avec ses semblables au noir dessein, là où je n'étais plus ? La tristesse effaçait la jovialité de naguère sur mon visage et sur celui de mes frères et sœurs que j'entendais gémir autour de moi.

« N'oubliez pas ! » tel était le cri en chacun de nous.
Les tourments induisaient l'Homme à se révolter. Sa colère n'avait point de limite. Il maudissait ce Dieu aux mille visages qu'il avait tant prié dans sa détresse, ce Dieu sourd aux lamentations, aveugle au sang versé, muet aux réponses attendues. L'incompréhension s'enfonçait dans le cœur et finissait par ronger la sagesse acquise.

L'Homme s'éloignait de la fange avec la conviction d'avoir été souillé à son insu, bercé d'illusions.

L'inexistence de ces divinités l'ayant nourri depuis des millénaires était devenue une évidence. Le manichéisme avait volé en éclats, ne restait qu'une mue piétinée par la certitude du Rien.

La conscience avait révélé l'absurdité des antiennes. Elle marchait sur la voie de l'athéisme.

Livré à lui-même, l'Homme cherchait dans les profondeurs de son moi la force pour continuer à vivre.

Obscurité de la réalité ou savoir à la lumière du jour ?
Je réfrénais ma colère en les écoutant, eux qui nous exploitaient, jalousant les blancs qui nous avaient pillé nos richesses, là-bas, si loin de leurs plantations qu'ils les auraient volontiers échangées contre des mines d'or creusées avec les bras de ces noirs catalogués « sauvages et incultes ». Nous autres, êtres primitifs esclaves de la bêtise humaine.

Les blancs jalousaient d'autres blancs, ceux qui avaient saisi l'opportunité de rentrer chez eux la fortune faîte, les poches remplies de pièces, bouffis d'orgueil et de pouvoirs, des puissants piétinant nos cadavres aussi noirs que leurs âmes.

Puissance malsaine.

Ce blanc aveugle et sourd vénérait les conquérants d'un autre monde, obscurcissant la colonisation et le commerce triangulaire dont il tirait profit sans avoir quitté son pays d'origine, soulevant dans les cœurs l'espoir que, demain, il serait un des leurs. UN PUISSANT. L'ignorance demeurait tapie dans l'ombre des cavernes, soumise à la brutalité privant le noir de ses droits. La liberté ressemblait désormais à une pierre tombale toute de guingois dans un cimetière voué au profit du blanc. Ici ou là-bas, le même constat : du malheur partout. La mort régnait en maître pour celui ou celle qui s'opposait.

Un sage, prénommé Machiavel, avait dit : « Il arrive que les mots doivent servir à déguiser les faits, mais cela doit se faire de telle façon que personne ne s'en aperçoive ; ou, si cela venait à être remarqué, il faut avoir toutes prêtes des excuses que l'on peut sortir sur-le-champ. »

Ici ou là-bas, pléthore d'excuses, il y avait.

Il y avait moi et puis, il y avait les autres. Ceux qui m'insupportaient. La suffisance suintait par leurs pores, leur peau humide prête à déverser sur nous un flot d'injures.

Nulle controverse acceptée.

Aucune argumentation ne pouvait ébranler cette fate engeance quelle que fût l'heure de la journée. Elle avait l'art d'avoir toujours raison. Un art que ce groupe d'individus s'entraînait à améliorer en se réunissant quotidiennement, et je les entendais malgré moi. Leur réunion était mon vice, la quête de ma journée. J'emmagasinais les mots tel un trésor amassé qui se répandrait plus tard sous une forme honteuse.

De jour en jour, de semaines en semaines, de mois en mois.

J'oyais leurs diatribes et je guettais inlassablement le moment opportun qui mettrait fin au supplice.

« Partir et ne plus revenir.
Partir, pour oublier
  ce que vous m'avez fait,
Toi, l'adulte conscient
  à la vue d'un enfant.
Voleur d'innocence,
  épine des ténèbres.
Chemin sanguinolent,
Quand bifurqueras-tu
  vers la lumière ?
Empreintes dans la terre
  effacées à jamais. »
Un vœu formulé dans mon cœur.
Un murmure qui répondait au chagrin.

« Accepter, envers et contre tout, et contempler les cieux.
Tourner la tête vers l'horizon bouché et souffler la bourrasque pour balayer le présent, dégager le futur.
Offrir à la descendance un avenir.
Chair de ma chair, osez ce que je n'ai pas osé dire, ni faire.
Chair de ma chair, que l'espoir rayonne dans vos cœurs, le mien est asséché à verser trop de larmes.
Chair de ma chair, apprenez à dire NON. »
Telle était ma prière avant de m'endormir.

Les blancs conversaient au crépuscule. Ils ne se cachaient pas pour médire ; pourquoi l'auraient-ils fait ? nous étions insignifiants à leurs yeux.

Ils vantaient la naturalisation de l'esclavage qui s'imposait à l'homme par l'intermédiaire de Dieu. Cité dans la Bible, il était inutile de résister. Mieux valait être l'esclave du vainqueur que d'être tué vaincu.

« Ainsi parlaient les anciens, l'esclave était un prisonnier de guerre sur tous les continents à toutes les époques. » répétaient-ils à l'envi.

« Servi quasi servati ». J'ignorais le sens de ces mots. Maintenant, je connaissais leur signification : droit de vie ou de mort, le pouce de Caius Julius Caesar en dehors du Colisée. Être un serviteur pour avoir la vie sauve.

Les blancs oubliaient de préciser que la guerre était rare entre les tribus, mais le savaient-ils ou feignaient-ils l'oubli ? Cette dernière survenait quand le gibier se raréfiait, lorsque le ruisseau se tarissait, que les cultures poussaient mal ou quand la récolte abondante était détruite par une nuée de criquets. Alors, et seulement dans ces cas-là, nous combattions nos voisins pour survivre.

Et les blancs continuaient à deviser sur le même ton. Ils criaient à l'ignorance de notre capture. L'irruption dans nos villages qui aboutissait toujours à l'enlèvement d'un grand nombre de mes frères noirs leur était inconnue, du moins, c'était ce qu'ils racontaient, un mensonge accepté par tous. Heureux ceux qui étaient partis chasser plusieurs jours. Heureux le vieillard, heureux le malade, ils étaient épargnés.

Entre nous, nous évoquions seulement la brièveté de la liberté et les moyens pour la récupérer.

Les noirs gardaient espoir, car le désespoir était leur pire ennemi.

L'espoir leur permettait d'avancer, les pieds dans le désarroi. Il leur permettait de se lever quand ils avaient envie de trépasser, et de crier au lieu de se taire, la gorge nouée par les sanglots.

Une soif de justice abreuvait les âmes et les esprits torturés.
La patience accompagnait les jours de souffrance et les nuits sans rêve.
Demain, le vent soufflerait la promesse d'être délivrés de nos chaînes.
Demain était aujourd'hui.
Demain était hier.

Lorsque je songeais à nos guerres tribales, j'en arrivais à sourire. Bienheureux ce temps-là aux sagaies ensanglantées, il signifiait que nous étions vivants.
Demain,
Aujourd'hui,
Hier,
Mon corps,
Un arbre mort pourrissant au sol sans pouvoir croître à nouveau.
Avenir obscur,
Sans idéal,
Hier,
Aujourd'hui,
Demain,
Une respiration linéaire.

,
Domination
Humiliation
Suffocation
Souffrance
Briseur de rêves
L'affranchissement
Une délivrance
  ou s'enfuir à la vitesse du vent
    et quitter l'enfer

reconquête du moi
Comment continuer à vivre sans le vouloir
comme des points de suspension
dans une vie hachée.

La volonté, s'apparenterait-elle à une bouffée d'optimisme dans la nature humaine ? avoir en soi la volonté de choisir, de créer, de parfaire et braver les obstacles ?

La volonté, n'était-elle pas, mes frères noirs, ce mode déterminé par une cause aboutissant à la conséquence, effaçant sur son passage toutes les traces pessimistes parce que l'Homme, où qu'il fût, croyait possible sa réalisation ? Ce qu'il avait imaginé hier devenait une illusion de pensée créative s'inscrivant dans une continuité constructive.

La volonté métamorphosait l'illusion en la concrétisant avec un optimisme à vaincre l'invincible. Rien ne pourrait demain entraver sa marche, et nul ne l'entraverait.

D'abord un, puis deux, puis dix. La parole se propagea de cases en cases, de plantations en plantations. La rébellion alimenta nos cœurs enthousiastes. Je la sentis vibrer au fond de moi, nous la sentîmes tous vibrer en nous, cette braise qui allumerait bientôt un incendie.

Le rire était un affront à la douleur physique et morale endurée pendant des heures. Tonitruant et gras était celui du maître, ruisselant sur nos coutumes de « singes » ; ricaneur, celui de la maîtresse qui emboîtait le pas à son homme sans chercher à comprendre la raison de cette hilarité ; cristallin, celui de l'enfant innocent, trop jeune pour savoir le pourquoi.

Je les entendais, ces rires, bien avant d'avoir atteint notre misérable demeure, nattes au sol, écuelles et seaux d'eau, une niche pour des chiens que nous sommes à leurs

yeux, eux qui n'auraient pas enduré le dixième de ce que nous supportions.
    Un rire niant l'intolérable,
    Un rire étouffant nos prières,
    Un rire chassant d'un revers de main nos larmes
        d'où surgirait l'affrontement.
    Demain ou dans un mois,
        dans un an ou dans un siècle,
            moi aussi, je rirai.
    Un rire de victoire.
    Un rire pour réapprendre l'existence de soi. »

Février 2024. France.
Neuf jours écoulés.
Forêt de Hourtin. Un dimanche après-midi.

Je t'aime. Que signifiaient ces mots pour elle ? Je t'aime, mais ne me demande pas de renoncer à mes petits plaisirs : le coiffeur, les soirées entre femmes, et le reste de mes activités, tous ces rendez-vous auxquels je ne suis pas convié. Je mange les soucis dès le petit-déjeuner. Je dépéris. Je me consume comme la bûche finissant de brûler dans l'âtre et la mienne, de fin, est prochaine. Seul, je m'ennuie, même si Simba est venu pour deux semaines me tenir compagnie, ami fidèle scotché à mon incompréhension. Je n'ai rien à offrir à part mon amour pour elle. Elle m'ignore et ma figure ressemble à un vieillard sur le point de mourir ce qui n'est pas à mon avantage. Je meurs à chaque heure révolue. Pourquoi refuse-t-elle le mariage puisque nous nous fréquentons depuis des semaines et qu'elle disait m'aimer ? Le mariage est l'aboutissement d'un amour partagé, le lien unissant deux êtres jusqu'à ce que la mort les sépare. Je ne survivrai pas à son indifférence, à ce rejet installé après toutes ces heures de bonheur vécues, mais le bonheur est éphémère et je paye le prix de ma naïveté. Bientôt, mon visa expirera et j'aurais tout perdu, y compris l'admiration suscitée au pays lors de mon départ.

À force de réfléchir en marchant sans but précis, s'éloignant de plus en plus du groupe sans avoir évalué la distance parcourue, il était désorienté. Il ne savait plus où se situait la cabane. À l'est ou à l'ouest ? au nord ou au sud ? Perdu dans un lieu inconnu.

Il entendit le sifflement et comprit. La chasse avait modifié le règlement. Au loin, un chien aboyait. Fuir. Des gouttes de peur coulèrent le long de ses joues. La morve coula de son nez. Il chercha un mouchoir. Il baissa la fermeture Éclair de sa doudoune, sortit de la poche intérieure le paquet de Kleenex, en extirpa un et se moucha. Il s'enfonça dans les taillis entremêlés de ronciers. Les épines lacérèrent son visage et ses mains. Il allégea son corps, abandonnant l'arc et le sac contenant les flèches que le président lui avait prêtés. Il devait retrouver Catherine, qu'elle sût l'espoir qu'il avait placé dans leur relation : une vie meilleure, loin des aléas de celle où il subsistait dans l'endroit maudit qui l'avait vu naître. Elle allait le sauver de cette traque.

Une volée de plombs l'interrompit dans sa course. Il porta les doigts à son ventre, plié en deux par la douleur. Il toussa, s'arrêta, se moucha, toussa de nouveau. Un sifflement. L'ennemi s'acharnait à la fois devant et derrière lui. Une douleur foudroyante lui vrilla le crâne. Il s'effondra face contre terre, serrant le mouchoir avec sa morve ; son odeur lui était étrangère, sa texture aussi. Des plumes s'écharpèrent du vêtement percé, gibier au sol d'un autre genre sur un tapis duveteux rougi. Il rêva un instant de savanes, de buffles, de girafes, de lions. Il eut une pensée pour Catherine, revoyant son séjour à ses côtés, chez lui, là-bas, sous le soleil de l'Afrique, puis ce fut la nuit. La mort le cueillit à l'aube de ses trente et un ans.

Trois coups de corne retentirent longuement.

Fin de la partie. Il n'avait pas surveillé l'heure depuis qu'il suivait les empreintes à pas de loup. Il jeta un coup d'œil au cadran de la montre de son défunt père, un porte-bonheur qu'il remontait chaque semaine et portait à son poignet droit puisqu'il était gaucher.

16 heures.

Il avança lentement et contempla la scène avec la satisfaction sur le visage du devoir accompli. Il y avait une chance sur mille que cela se produisit et le hasard avait exaucé son vœu. Il avait réussi l'exploit, le résultat surpassant ses espérances, une mission sans encombre.

Bon sang, quel dommage que je ne puisse pas m'attarder. Coupable si près du but serait un échec cuisant, surtout après avoir subtilisé une flèche.

Il pivota et rebroussa chemin, enlevant sur son retour la flèche qu'il avait repérée sur un tronc.

Ce n'est pas demain que la police sonnera à la porte. Ce qui devait être accompli l'a été aujourd'hui. Premier round gagné. Au suivant.

— Tu as encore raté la cible, Émile ! Ce n'était pas la peine d'avoir investi 14 000 euros dans un super fusil Beretta 687 comme le mien, c'est la paire de lunettes que tu aurais dû changer ! ironisa sa femme, Marie-Claire Boucher, préparatrice en pharmacie, un petit bout de femme d'un mètre cinquante-cinq œuvrant à l'officine de son mari pharmacien, même taille avec des kilos en plus, tous les deux âgés de 68 ans.

— Qui affirme que c'est moi ? Nous avons fait feu l'un après l'autre, cela pourrait être toi.

— Dans tous les cas, rejoignons les autres avant d'être ridiculisés pour notre échec.

— Nous pourrions continuer à fouiller les fourrés. Un animal blessé clopinant n'ira pas loin.

— Laisse tomber, ce sera une bête morte pour les charognards.

— Quinze minutes, pas une de plus, supplia le mari responsable selon l'épouse. *Elle a raison. Je suis sûr d'avoir loupé la cible encore une fois.* Il discernait mal les choses de loin. *Que m'a dit l'ophtalmologiste à la dernière consultation ?* Il essaya de réciter dans sa tête la phrase prononcée. *Ah, oui ! Je me souviens maintenant. J'avais besoin de prismes, mais il n'était pas compétent pour cela. Je devais prendre rendez-vous chez un confrère.* Il n'avait contacté personne à ce jour. Il chercha sa moitié. Attends-moi ! cria-t-il.

Lorsqu'ils arrivèrent à la cabane aux alentours de 15 heures 30, bras dessus bras dessous, affichant l'air affecté de ceux qui reviennent bredouilles et bons derniers, les chasseurs réunis comptabilisaient les prises. Deux faisans et quatre faisanes tués par les archers, deux faisans seulement pour les tireurs au fusil. Les archers raflaient la mise, les tireurs paieraient l'apéritif dînatoire au Café de la Place avant de rentrer chacun chez soi. Les vainqueurs se gaussaient. Les blagues fusaient. Ambiance bon enfant autour de la table sur laquelle était étalé le gibier avant la répartition entre tous. Le fox-terrier de Sylvain Ledoux - 50 ans, comptable d'Émile Boucher, une allure sportive, porteur de lentilles, randonneur l'été et skieur l'hiver - sautait autour d'eux dans le but de récupérer le volatile que son maître lui avait ôté de la gueule. Il avait encore le goût des plumes sur les babines, mais sa taille ne lui permettait pas d'atteindre son objectif. Il enrageait et redoublait d'efforts, mêlant ses aboiements à la liesse générale. En vain.

— Quelqu'un a vu Tendaji ?

— Que dis-tu, Catherine ? demanda Bernard Delalande, 71 ans, agriculteur à la retraite au visage ridé, le plus vieux de la joyeuse tribu qui était aussi le président de l'Association des Archers du Val, initiateur de sa création il y avait plus de trois décennies, un clin d'œil empreint de souvenirs liés à son département Val d'Oise.

— Tendaji n'est pas ici, répéta Catherine Cohen, 62 ans, coiffeuse, un métier qu'elle n'exerçait plus, ayant plusieurs salons de coiffure à son actif à gérer.

— Oh ! vous autres ! un peu d'attention, je vous prie ! Le compagnon de Catherine manque à l'appel. Qui était avec lui ? s'énerva Bernard.

La gaîté qui régnait s'arrêta aussitôt.

— Moi, répondit Simba Omondi, arrivé récemment, 31 ans comme son ami, Mwangi Tendaji. Il a voulu chasser seul comme nous le faisons chez nous, au pays, alors j'ai accompagné Madame Taupin jusqu'à notre retour ici.

— Je confirme, répondit Adeline Taupin, 58 ans, professeur de Sciences Naturelles, la meilleure amie de Catherine Il vise comme un pied, incapable de faire mouche à cinq mètres, confia-t-elle tout bas à Madeleine Delalande, l'épouse de Bernard, 66 ans, dynamique pharmacienne en activité pour encore deux années. Il avait déjà perdu ses flèches et les miennes dès la reprise après la collation de midi. Ton mari a dû lui donner deux des siennes pour terminer la journée. J'ai passé mon temps à les chercher. S'il chasse de cette façon en Afrique, il doit mourir de faim.

— Surtout avec des pointes émoussées.

— Surtout.

Madeleine pouffa derrière la paume de sa main droite tenant un verre d'eau minérale.

— À part vous, qui d'autre ? s'enquit Bernard.

Tous échangèrent des regards ennuyés.

— C'était un des vôtres, justifia Émile. Il n'était pas avec nous. À aucun moment.

— Tout à fait, confirma Sylvain.

Simon Aser, Michel Lemée, et Philippe Carrère approuvèrent : Tendaji était dans leur groupe d'archers.

— Nous étions côté ouest et vous à l'est, nous ne pouvions le croiser, ajouta Michel Rouvier.

— Sauf s'il était perdu, précisa Catherine d'une voix angoissée. Il a pu s'aventurer et ne pas se rendre compte qu'il s'éloignait et qu'il franchissait la zone de démarcation. Il n'est pas facile de la déterminer lorsqu'on ne connaît pas l'endroit. Il a pu arpenter votre terrain de chasse.

Émile Boucher regarda sa femme et blêmit. Une mauvaise intuition s'insinua entre eux. Marie-Claire interrogea Émile avec des yeux signifiants « et si ? »

— Nous allons à sa rencontre, décida Bernard. Divisons-nous. Formons deux groupes sur une ligne frontale « ouest-est » en direction du nord pour couvrir le maximum d'espace. Catherine, tu demeureras ici au cas où il parviendrait à retrouver la cabane, si cela ne te dérange pas.

— Je resterai avec elle, proposa Simba. Inutile que je me perde aussi.

— Sage décision. Nous communiquerons avec nos téléphones portables de façon régulière.

Pragmatique, le médecin Michel Rouvier, 45 ans, un barbu à la calvitie précoce, posa la pertinente question :

— A-t-il un téléphone cellulaire ?

— Oui, répondit aussitôt Catherine. J'essaye de le joindre.

La ligne sonna désespérément.

— Répondeur, conclut-elle aux interrogations planant autour d'elle.

— Dépêchons-nous avant que le crépuscule ne nous enveloppe, ordonna Bernard.

Les dix quittèrent les lieux.

— Pleine lune ce soir, nous y verrons clair plus longtemps, précisa Marie-Claire à son mari qui marchait à ses côtés.

— Mauvais présage, murmura ce dernier à son oreille, les loups sortent en meute.

— Arrête tes insinuations tout de suite, Émile, tu vas nous porter la poisse.

— Tu penses à ce que je pense ?

— Oublie et dépêche-toi. Tu ralentis la cadence du groupe.

— J'ai toujours affirmé que le chiffre treize portait malheur. Nous n'aurions jamais dû les inviter, bougonna-t-il.

— Chut...

Le jour déclinait et les chasseurs n'avaient parcouru que 500 mètres en seulement vingt minutes. Enjamber les troncs brisés, écarter les ronces, éviter les branches basses, la recherche de Tendaji s'apparentait à un parcours du combattant ce que n'appréciaient guère ces dames Madeleine et Adeline. En ce qui concernait Marie-Claire, son galant époux piétinait avec rage le moindre obstacle arrivant à mi-cuisse et fouettait avec vigueur tout ce qui se trouvait en hauteur sur son chemin, au risque de cingler le visage de sa partenaire derrière lui. Cette rage qu'éprouvait Émile atténuait la peur d'avoir commis l'impensable bévue et lui colorait ses joues blêmes une heure auparavant. Il soufflait comme un taureau dans sa progression.

À la cabane, l'anxiété planait au-dessus de Catherine et Simba telle un vautour prêt à fondre sur ses proies. L'œil observateur de l'Africain enregistra la métamorphose de sa voisine. Un changement spectaculaire. La pétulante sexagénaire aux cheveux courts grisonnants vêtue d'une saharienne beige, d'un épais pantalon marron chiné, d'un pull-over noir aux poignets exagérément longs, et chaussée d'une paire de bottes en cuir assortie à la couleur du pull-over, une tenue chic bravant les frimas pour arpenter les lignes fort bien entretenues par la région, avait maintenant l'allure d'une pocharde, rongeant ses ongles manucurés avec soin tout en vidant verre après verre la bouteille de Saint Émilion Grand Cru à peine entamée qu'elle avait apportée.

L'angoisse de l'attente n'en était pas pour autant diminuée. Aux appels de « Tendaji » gueulés dans la forêt répondait le « glouglou » du vin descendant dans l'estomac à l'image des chutes KwaNoggaza connues par les deux étrangers. Le choc du cul bordelais sur la table après la dernière goutte bue fit sursauter Simba.

— Pole, ma p'tite dame Catherine. Faut pas vous mettre dans cet état, il va revenir, le Tenda. Comme disent les Togolais : « Là où le cœur est, les pieds n'hésitent pas à y aller. »

— J'ai un mauvais pressentiment, Simba. Je n'aurais pas dû insister pour venir ici.

— Ah, ça... Les soucis enlaidissent, c'est la joie qui fait fleurir, disait mon aïeul.

— Un sage, murmura Catherine.

— Un esclave, répondit sèchement Simba, le souvenir du tableau vu au musée quelques jours auparavant était encore présent dans son esprit. Décrit par Tendaji, il s'était laissé convaincre, il était venu et n'avait pas été déçu. Un enfant, pas même dix ans, enchaîné, assis aux pieds d'une femme posant fièrement. Fortune et Pouvoir. Un tableau exhibé dans une pièce tel un trophée de chasse.

La dureté du mot créa une fracture sociale entre eux, fragilisant l'entente cordiale établie depuis peu. Le silence prit possession des lieux.

Au loin, une corne sonna. Trois sons courts, trois longs, trois courts.

— Qui envoie un SOS ? questionna Bernard.

— C'est Ledoux, répondit Marie-Claire. Son téléphone était HS, plus de batterie, il a pris la corne.

— Qui est avec lui ?

— Simon Aser, je crois.

Bernard se tourna vers Adeline.

— OK, je l'appelle.

Deux sonneries plus tard.

— OK, on arrive.

— Alors ? interrogea Bernard.

— J'ai eu mon copain bijoutier de 32 ans, Simon. Il dit que ton comptable vomit tripes et boyaux. Ils ont trouvé Tendaji à 500 mètres sur notre droite.

— Il a l'estomac fragile.

Quinze minutes d'un sprint modéré et cinq émotifs, frappés d'horreur, s'étaient joints à Sylvain vomissant l'alcool ingurgité précédemment.

— Jamais vu ça en quarante années de chasse ! s'exclama Bernard.

— Tu penses qu'il vit encore ? demanda Adeline.

— Il suffit de chercher un pouls, rétorqua Simon du bout de ses lèvres humides qu'il essuya d'un revers de manche. Au cours de secourisme, l'instructeur préconisait la position latérale de sécurité, mais, avec cette flèche dans le cou, je ne garantis pas qu'on y arrive.

Personne ne s'aventura à la manœuvre.

Bernard, sentant sur ses épaules la responsabilité des initiatives, se pencha sur le corps et plaqua trois doigts sur la carotide gauche, évaluant que, côté cœur, il aurait plus de chance qu'à droite.

— Je n'ai rien.

— Attends, j'essaye. Avec tes gros doigts calleux, je ne suis pas sûre que tu arrives à percevoir un battement, suggéra Adeline.

Elle prit son courage à deux mains, refoulant la nausée menaçante, et fit le même geste tandis que les autres l'encerclaient, les faciès blafards, la curiosité en plus. La négation affichée sur sa figure renforça la certitude.

— Poussez-vous, commanda le médecin qui avait traîné en route. Éloignez-vous de lui, il est mort, et c'est une scène de crime. Avec une flèche logée là où elle se situe, elle a dû atteindre le bulbe rachidien et provoquer un arrêt cardiorespiratoire. L'autopsie précisera sa mort à la police, police qu'il te faut contacter tout de suite, Bernard.

Émile soupira. Son tir n'était pas la conséquence du décès du jeune homme.

La suggestion émise par Adeline à prévenir son amie Catherine, complétée par l'affirmation de Michel Rouvier l'accompagnant, car il craignait la réaction de son amie, provoqua une envolée de chasseurs. Les « je t'accompagne moi aussi » roulèrent sur le cadavre comme l'appel du joueur de flûte à la suivre. Tels des rats quittant le navire, ils abandonnèrent à son bord le capitaine Bernard et ses deux acolytes, Michel Lemée, 69 ans, jeune retraité agriculteur ayant formé pendant quatre ans celui qui louait désormais ses terres et sa ferme, ayant préféré la convivialité villageoise à la promiscuité agricole, trésorier de l'association, et Philippe Carrère, le secrétaire, 55 ans, professeur d'Histoire Géographie enseignant dans le collège d'Adeline Taupin avec laquelle il avait eu une fugace liaison une dizaine d'années auparavant, mais l'amitié avait dépassé la rupture.

Ne resta au trio que la patience d'attendre les forces de l'ordre et celui ou celle qui les mènerait jusqu'à eux. Ils s'éloignèrent de quelques pas et s'adossèrent à un tronc, chacun le sien, échangeant leur point de vue. Conseil de sages post-mortem.

Les hurlements qu'avait poussés Catherine à l'annonce du décès s'étaient transformés en sanglots silencieux. Simba avait voulu dompter la furie à la force décuplée par le refus du drame. Elle l'avait frappé avec ses poings jusqu'à l'arrivée du groupe ; lui avait encaissé tout en maudissant l'appel téléphonique qui avait déclenché la crise. Les dix milligrammes injectés dans la fesse par Rouvier - il ne se séparait jamais de sa mallette, le sixième sens d'un médecin proche de sa patientèle - produisaient enfin leurs effets, au grand soulagement de ceux ayant opté pour revenir au point de chute.

À l'extérieur, Simon Aser se remettait de ses émotions en vapotant. Émile et sa femme, soulagés sans vraiment l'être, lui tenaient compagnie.

— Tiens, voilà la gendarmerie. J'aperçois le gyrophare, annonça Marie-Claire.

— Où ? demanda le naïf mari.

— Dans le tournant, j'ai entrevu la lumière bleue à travers les branches.

— Tu as des yeux de lynx, je ne vois rien.

Un regard furibond certifia l'affirmation. C'était le genre de phrase à ne pas dire devant témoin.

À 16 heures 45, le capitaine de gendarmerie, Franck Delaunay, manœuvra tout en douceur devant la cabane de chasse. Il gara le véhicule de fonction à côté d'une Dacia Duster, effrayé à l'idée d'égratigner les autres luxueuses voitures. Il siffla entre ses dents avant de sortir. *Quel étalage ! On se croirait à Beverly Hills.*

— Capitaine Delaunay, où se trouve la victime ?

— Là-bas, répondit Rouvier sur le seuil de la cabane. Je ne pensais pas que vous viendriez, capitaine.

— Je suis l'éclaireur de service. Une histoire comme celle-ci n'est pas de mon ressort ; à mon âge, je passe volontiers le relais aux jeunes. Les Bordelais ne vont pas tarder, ils sont en chemin.

— Cela aurait été une fin de carrière époustouflante. Je vous y conduis ?

— Inutile de se précipiter, racontez-moi plutôt l'épisode malchanceux de cette sortie.

— Dans ce cas, rentrons nous mettre au chaud. Je vais vous présenter en les attendant.

Simon, Émile et Marie-Claire lui emboîtèrent le pas, pesant chez le rondouillard Delaunay de 61 ans, alerte pour le trentenaire Simon, anxieux pour le couple Boucher.

Catherine somnolait sur une chaise soutenue par Simba qui l'empêchait de se fracasser le nez sur la table, ce dernier craignant que l'anxiolytique ne potentialisât l'alcool bu l'heure précédente.

Le gendarme nota consciencieusement sur un carnet les coordonnées et les professions des personnes présentes, devançant la requête du lieutenant Peyrat à son arrivée.

Vingt minutes s'écoulèrent lorsque l'assemblée vit surgir du tournant deux voitures.

De la première sortirent le lieutenant de police Gilles Peyrat, 48 ans, un visage marqué par des rides d'expression, cause des enquêtes qu'il comptabilisait à son actif, de la délinquance de rue au crime sordide, et son collègue, le lieutenant de police Marcel Royer, son cadet de cinq ans, un barbu à lunettes rondes au faciès serein, les délits n'ayant aucune prise sur lui. Les deux hommes avaient ni femme, ni enfant, contrainte nulle, disponibilité H24, sept jours sur sept. Le binôme fonctionnait à merveille, le plus jeune apaisant l'aîné, ce qui avait plu à leur commissaire nouvellement nommée lorsqu'ils lui avaient été présentés par son prédécesseur, Maryse Caboche, 58 ans, une Parisienne pas commode, aussi stricte que ses tailleurs, vouée à son travail depuis son veuvage, sans enfant pour ne pas laisser derrière elle d'orphelin. Les deux policiers ne manqueraient pas de l'informer à leur retour au commissariat quelle que fût l'heure, certain de la trouver derrière son bureau à les guetter.

De la deuxième sortirent l'équipe scientifique et la médecin légiste. Hayon ouvert, ils s'emparèrent du matériel servant à la recherche d'indices et au rapatriement du corps.

Grâce aux puissants faisceaux lumineux des lampes torches, ils empruntèrent le sentier derrière une Madeleine Delalande désireuse de rejoindre son mari et de quitter ce sinistre endroit. Derrière eux, ils entendirent ronfler les moteurs des véhicules tout-terrain après que leurs conducteurs aient abandonné fusils, cartouches, arcs et flèches sur la table à la demande des deux lieutenants afin d'être étudiés. Les interrogatoires préliminaires furent remis par Delaunay après avoir arraché la page de son carnet à spirales avec précipitation comme si la « patate chaude » lui brûlait les doigts.

Sur place, il fallut se dépêcher, car la luminosité avait disparu sous les frondaisons. La scène fut immortalisée par le crépitement des flashs. Les traces exploitables, peu nombreuses à la quantité visible d'empreintes de semelles, furent relevées. Tendaji fut enlevé à l'aide d'une civière, la nature du sol ne permettant pas l'usage du brancard à roulettes.

À 18 heures 30, chacun pouvait enfin regagner son port d'attache : Delaunay, sa gendarmerie, Peyrat et Royer, leur quartier général, l'équipe scientifique, leur laboratoire, la médecin légiste, son institut médico-légal, le couple Delalande, Lemée et Carrère, leur domicile respectif.

L'enquête ne débuterait réellement que le lendemain avec son lot de points d'interrogations.

Point n° 1 départager l'arme utilisée ayant conduit au décès : l'arc ou le fusil

Point n° 2 approfondir le déroulement de la partie de chasse

Point n° 3 le couple Mwangi Cohen vu par l'entourage et les connaissances : chasseurs, amies, amis, ennemies, ennemis, voisins, employés, etc.

Point n° 4 la rencontre avec l'africain Mwangi

Point n° 5 expliquer la venue de Simba Omondi

Point n° 6 autopsie

Point n° 7 indices

Point n° 8 déterminer si accident ou meurtre

Point n° 9 si accident, qui est le ou la maladroite ? y a-t-il eu homicide involontaire ?

Point n° 10 si meurtre, quel est le mobile ? argent, sexe, jalousie, vengeance

Point N° 11 qui est le ou la meurtrière ?

Lundi. 9 heures. Domicile de Catherine Cohen.

Le lieutenant Peyrat avait opté pour le point numéro 4. Le lieutenant Royer avait consenti à le suivre bien qu'il eût préféré commencer par le point numéro 6 qui, selon lui, aurait orienté de façon pertinente la conversation qui se déroulerait bientôt.

L'immeuble de standing proche du parc Bordelais présageait un appartement à la décoration somptueuse. Situé au dernier étage, il possédait une terrasse panoramique sur toit qui époustoufla les deux policiers lorsqu'ils furent introduits dans le salon par l'invité des lieux, Simba Omondi, vêtu à l'européenne : jean, baskets, sweat-shirt, ayant délaissé le traditionnel Kanzu.

Catherine Cohen resta lovée dans son imposant canapé quatre places au velours rouge cinabre. Elle avait les traits tirés, résultat d'une nuit agitée passée à sangloter. Des cernes maquillaient des yeux exempts de mascara et d'eye-liner, devançant ainsi les inévitables coulures noires lorsque le barrage émotif céderait une nouvelle fois, une coquetterie persistante dans le malheur vis-à-vis de ceux qu'elle côtoierait aujourd'hui.

Pendant que le collègue détaillait l'ameublement, Peyrat tiqua sur la tenue vestimentaire qu'elle portait : une chemise transparente plumetis sous une robe sans manches en laine tweed noir et blanc au-dessus du genou donnait à voir des bras maigres à la carnation halée, des bas ou collants gris foncés - il n'aurait su l'affirmer - moulaient des jambes fuselées pour son âge. Elle n'avait pas pris la peine de se chausser et caressait de la pointe des orteils un tapis écru tufté à l'imprimé blanc et doré sous une table basse en noyer massif aux bords chanfreinés tout en sirotant son café, la cafetière à piston étant posée dessus à même le bois. Catherine Cohen exhibait donc un deuil un brin sexy qu'il ne comprenait pas.

Royer, ignorant l'impatience du coéquipier à démarrer l'interrogatoire, s'approcha d'une commode ovale d'une essence semblable à celle de la table sur laquelle se trouvait une statuette africaine d'un bois rougeâtre se reflétant dans un miroir fixé au mur blanc cassé. Non loin de là, un tableau d'au moins 1 m 50 de haut sur 1 m de large représentant des formes géométriques noires sur fond jaune paille l'intrigua ; il s'approcha.

— Un bocio, annonça Simba.

— Pardon ?

— La statue. L'autre. Sous le tableau. Par terre. Elle est originaire du Bénin, taillée grossièrement dans un bois dur comme le Kakè. Elle protège son propriétaire des maux susceptibles de l'affecter.

Royer avait dédaigné la sculpture à la silhouette imprécise malgré sa grande taille. *Efficacité nulle.*

— À kulia, vous avez deux Sikire Kambire. Il est très connu chez nous, s'enorgueillit-il.

Le lieutenant suivit le geste et tourna la tête vers la droite. Sur le mur du fond, face au canapé, étaient accrochés deux masques aux lignes contemporaines représentant les portraits d'une femme et d'un homme. Ils étaient éclairés par un lampadaire au pied métallique noir dont l'abat-jour évoquuait un feuillage par la finesse du tressage des cordes utilisées. *Influence africaine ou désir de plaire ? Ce décor paraît récent, trop neuf.*

— Désirez-vous une tasse ? suggéra Catherine.

— Non merci, déclina Peyrat, content de revenir aux fondamentaux maintenant que Royer avait fini son tour de piste et qu'il avait dégainé stylo-bille et calepin. Depuis quand connaissez-vous Monsieur Mwangi ?

— Depuis le mois de juillet, c'est-à-dire environ huit mois. Nous avons d'abord correspondu par e-mail puis, attiré par ce qu'il me racontait de son beau pays, j'ai décidé de m'offrir des vacances, un safari, et j'ai pris l'avion, direction la Tanzanie, la réserve de Masai Mara avant de me rendre au Kenya. Elle renifla et se moucha avant de décrire son road-trip. Le voyage : la France, l'Afrique, la Tanzanie, le Kenya, un dépaysement, une boussole pointée vers le sud avant d'inverser le cap. L'odeur, si différente de celle coutumière, forte et légère selon la direction du vent. Les sons, graves, à l'appréhension lourde le jour, aigus la nuit à vous glacer le sang, une chanson à deux octaves qu'on apprend à distinguer avec le temps passé à l'écouter. La terre, une couleur surprenante, le regard perdu dans l'ocre herbeux et le vert des cultures, au milieu du feuillage de quelques arbres clairsemés jouxtant la forêt protectrice en lutte pour sa survie. Le climat tropical, l'exigence d'acclimater le corps, vite, avant de repartir chez soi.

— Avant d'être piqué par l'Anopheles Stephensi, ce redoutable moustique d'origine asiatique se reproduisant quelle que soit la saison, vecteur d'un paludisme aux formes sévères qui fait des ravages sur le continent africain, coupa Peyrat.

— Le traitement préventif est une protection obligatoire avant le départ, évidemment, répondit Catherine d'un ton sec. Deuxième mouchoir en papier sorti du paquet ayant glissé sous ses fesses. Elle essuya ses narines mouillées par les sécrétions.

— Évidemment, *quand on a les moyens de payer le traitement*. Continuez.

— Puis, ce fut l'arrivée à Kakamega pour rejoindre en 4 X 4 le village de Tendaji. Dès que nos regards se sont croisés, ce fut un coup de foudre réciproque.

Simba leva les yeux au ciel, ce que nota aussitôt Royer qui ne perdait pas une miette de l'échange.

— Si vous permettez, intervint-il, je vais acheter de quoi préparer le repas de midi.

— Qui sera ? demanda Catherine esquissant un sourire, jetant le Kleenex sur la table basse.

— Du poulet aux poivrons et ananas frais cuits ensemble.

— Tu trouveras facilement les ingrédients à la supérette, Tendaji m'avait déjà cuisiné ce plat.

— Bei Nafuu, bon et pas cher. Pesa ?

— Sers-toi dans le pot de la cuisine, tu sais où il est.

— Kwaheri, dame Catherine.

— À tout à l'heure, Simba. As-tu le trousseau ?

— Ndiyo, dame Catherine.

— C'était le trousseau de ma mère. Avant l'Ehpad, précisa-t-elle à l'attention de Peyrat qui dévisageait le Kenyan.

Catherine le regarda sortir de la pièce d'un pas de conquérant. Le trio entendit tinter des pièces de monnaie.

L'interlude n'empêcha pas Royer de noter le changement d'attitude des deux personnages ; un rapprochement s'était-il opéré depuis hier ?

— Vous nous imprimerez votre correspondance avant de partir, réclama Peyrat. Un pavé dans une mare n'aurait pas causé autant de vagues.

— Bien sûr, je ne vous cacherai rien. Si cela peut accélérer l'arrestation du criminel, je vous donnerai tout ce que vous voudrez. Je les ai gardés, ils ne seront plus qu'un merveilleux souvenir maintenant. Elle essuya une larme de crocodile au coin de chaque œil avec un nouveau mouchoir.

— Votre relation était donc récente. La différence d'âge n'était-elle pas un obstacle à vos fréquentations ?

— Il était si serviable, si chaleureux. J'étais si heureuse avec lui et cette joie m'a été enlevée si brutalement. Elle renifla un peu comme si elle étouffait dans l'œuf un sanglot prêt à éclore pour la bonne cause. Son dernier poème sonne à présent comme un mauvais présage.

« Mourir,
Aimer,
Le vouloir,
Pied de nez à la vie perdue.
Recueillir le souffle qui s'enfuit,
Plonger le regard dans celui qui vacille.
Insuffler la force.
Surfer sur la vague du temps.
Rejeter le passé,
Rejeter l'avenir,
Vivre le présent.
Rire, encore et encore,
Ne jamais s'arrêter,
Braver les interdits,
Dans la barque de Charon,
Sur le fleuve Achéron. »
C'est si beau...

Royer noircissait les pages, *Trop de si pour être crédible*, et à ce rythme, le petit carnet serait plein avant de s'en aller.

— Aucune personne de choquée ? insista Peyrat.

— Il existe toujours quelqu'un de jaloux sur terre pour médire si on analyse les sentiments, mais cela n'est pas parvenu à mes oreilles. D'ailleurs, Lydie était ravie pour moi.

— Qui est Lydie ?

— Ma voyante, Lydie Désiré. Elle épela le nom. C'est elle qui m'avait prédit une rencontre prometteuse qui transformerait le cours de ma vie.

Royer écrivit : diseuse de mauvaises aventures, Lydie Désiré.

— Et ensuite ?

— Nous avons décidé qu'il ferait le voyage. Je l'ai aidé à remplir le formulaire pour l'obtention du visa.

— Lequel ?

— Long séjour.

— Temporaire ?

— En un premier temps, une demande « visiteur » que j'ai validée en ligne après son arrivée, précisant qu'il logerait ici et que je pourvoirais à ses besoins pendant toute la durée à mes côtés.

— Du tourisme prolongé.

— Voilà. D'autres questions, lieutenant ?

Royer remarqua la modification du timbre. Les doigts tournèrent la page.

— Pas pour l'instant. Son téléphone mobile sonna dans la poche de son blouson.

Catherine profita de l'appel et se leva.

— Je vous raccompagne.

— La correspondance ? réclama Peyrat, terminant la conversation.

— J'avais oublié. Attendez-moi là, je reviens.

— Si vous permettez, je vous suis. *Ne me prends pas pour un con, tu pourrais supprimer les messages compromettants.*

— Si vous y tenez.

— J'y tiens.

Dix minutes plus tard, Peyrat sortit de la bibliothèque servant aussi de bureau avec une chemise cartonnée grise à élastique.

— La légiste ? murmura Royer dans le couloir.

— Et les e-mails, répondit Peyrat à voix basse.

La porte d'entrée s'ouvrit. Simba Omondi revenait avec ses victuailles, sifflotant un air de soul.

— Pole, la police, et Kwaheri, dit-il, les obligeant à se pousser sur le côté afin de lui laisser le passage.

— À bientôt, rétorqua Peyrat, signalant par ces mots qu'il n'avait pas terminé l'entretien.

Simba haussa les épaules et s'engouffra dans la cuisine.

Le compte rendu des premières investigations eut lieu dans le bureau de Madame la commissaire à 14 heures tapantes. Un début de scénario prenait forme. Peyrat prit la parole.

— La flèche n° 1 a raté la cible et s'est fichée dans un arbre à environ cinquante mètres de là où ont été trouvés l'arc et les flèches prêtés par l'association. Le président les cherchait comme un fou. De l'écorce arrachée d'un tronc nous a permis de cerner l'endroit. Notre homme, paniqué, a commencé à courir sans savoir vers où il se dirigeait, d'où les écorchures sur le visage et les mains, ce que nous a confirmé notre légiste, Catherine Bonpin, - le policier avait le béguin - après lui avoir enlevé la terre, les feuilles, le sang, je vous passe les détails

— Faites cela, Peyrat, passez, prononça Maryse Caboche lui coupant la parole.

— Dans un deuxième temps, il a reçu une volée de plombs dans le bide, car la fermeture Éclair de son vêtement était abaissée, le grêle a été touché. Rien de méchant. Avec des soins rapides, dixit la légiste, il aurait survécu, mais la blessure a ralenti sa course

— Forcement.

Coup d'œil d'un Peyrat agacé vers son collègue ; les interruptions de la chef commençaient à lui taper sur les nerfs. Il n'avait pas l'habitude d'être interrompu dans son récit. Paris, c'était Paris, et ici, c'était Bordeaux, point à la ligne, comme aurait certainement approuvé Royer.

— Ensuite, reprit-il, déjà affaibli, la flèche n° 2 est venue se loger dans la nuque. La légiste est formelle, c'est elle la cause du décès, bulbe rachidien transpercé, fatal et sans bavure, un meurtre bien propre, mais, selon moi, il se pourrait qu'il y ait eu complicité.

Peyrat aurait aimé s'attarder à la morgue, admirer la finesse des sutures et le travail accompli digne d'un thanatopracteur pour redonner vie aux cadavres, un travail si minutieux que cela en était dérangeant ; il aurait aimé écouter la trentenaire rousse aux yeux verts pendant de longues minutes, sauf que le collègue avait faim et froid dans cette pièce aussi blafarde que les morts qui y reposaient.

— Un complice pour perpétrer un crime n'est pas une nouveauté en soi.

— Exact, enchaîna Royer lisant ses notes, sauf que nous sommes confrontés à un épineux problème.

— Que vous résoudrez rapidement.

Caboche rectifia l'agencement de son bureau, déplaçant une circulaire sur sa droite, alignant stylo-plume, règle, crayon et gomme de façon à être équidistants, petits soldats soumis à la volonté de la commissaire. Rigueur et discipline. Elle croisa les doigts, posant les coudes sur l'espace qu'elle venait de dégager.

Peyrat eut l'envie folle de bousculer l'ordre établi et d'étudier la réaction de la supérieure hiérarchique. *Self-control ou déstabilisation ? that is the question.*

Imperturbable, Royer continua son énumération.

— Les plombs récupérés dans le cadavre sont du n° 6, dit-il, impassible. Cartouche calibre 28/70 FOB évolution, et nous avons trois fusils possibles dans nos scellés qui sont deux Beretta 687 EEL appartenant au couple Boucher Marie-Claire et Émile, et un Beretta 687 Silver Pigeon III appartenant à Sylvain Ledoux. Pour la flèche, ce n'est pas mieux. Les archers marquent leurs flèches afin de les différencier. Celle qui nous intéresse à un D sur l'encoche plastique, à savoir le président de l'association, Bernard Delalande sauf que là, ça se complique, l'ami africain, Simba Omondi, a aussi tiré avec les flèches de Delalande.

— Donc, si je résume, nous avons un complice parmi les trois chasseurs au fusil et un meurtrier parmi les deux suspects number one à l'arc. Des empreintes sur cette flèche ?

— Négatif. Tous les participants avaient des gants en cuir ou en laine à cause de la température extérieure. *Comme nous.* La pointe était abîmée. Peut-être dû à la pénétration dans l'écorce. La retirer a dû l'endommager, mais elle a certainement conservé son efficacité après avoir ôté les débris et procédé à un nettoyage sur toute la surface : tube, plumes, encoche et pointe.

— Raisonnement incohérent, lieutenant Royer. Pourquoi perdre du temps alors que la proie fuit devant vous ? Il ne doit pas s'attarder s'il veut réussir son coup. Il a d'autres munitions, il les utilise. Vos archers, ne les récupèrent-ils pas au fur et à mesure ?

— C'est exact, commissaire, concéda Royer. Adeline Taupin s'y employait pour Simba et les lui rendait ; celles qu'elle trouvait, bien sûr, les autres pourront sur place.

— Nous pouvons donc supposer qu'il a utilisé une flèche ayant déjà servi.

Royer tiqua. *Et les empreintes ? Pourquoi porter des gants chez soi pour la manipulation ? Se renseigner auprès de Delalande.* Il inscrivit l'idée sur son calepin.

— Un mobile se dessine déjà ou pas ? reprit Caboche, insatiable.

Peyrat reprit la main.

— L'argent, la jalousie, le sexe, le chantage, le racisme, etc., etc.

— Du classique. Vous savez ce qu'il vous reste à faire, vous deux, dit-elle en les regardant droit dans les yeux.

— Connaître les habitudes de chacun, leurs déviances et leurs addictions ; éplucher les comptes de Madame Cohen : retraits, dépôts, dépenses payées par carte bleue ou chèque, et évaluer son patrimoine, calculer son train de vie, répondit Royer, énumérant d'une traite un aperçu des points 3 et 10.

— Ne vous focalisez pas que sur elle, il y a aussi les autres. Chercher dans les appels téléphoniques les numéros qui reviennent souvent. Savoir qui sont les amis et les ennemis, mais l'ennemi n'est pas toujours celui qu'on croit. Est-ce qu'il y a des secrets dissimulés dans les placards parmi tout ce beau monde ? Interroger les voisins, les connaissances

— Et lire la correspondance, ajouta Peyrat, sautant sur l'occasion de rendre la pareille au boss. Nous avons les e-mails échangés avec la victime. *Royer doit fulminer intérieurement avec son point 3 qu'elle a voulu compléter comme si nous étions des aspirants. Va-t-elle être la personne qui lui aura fait perdre son flegme légendaire ?*

— Voilà. Vous avez de quoi occuper votre après-midi. Je ne vous retiens pas. Briefing ce soir.

— Disons plutôt demain soir, commissaire, contra Peyrat. Nous aurons avancé d'ici là.

— Très bien, va pour demain soir sauf imprévu, j'entends. Attendez une seconde. Le légiste a-t-il pu déterminer l'heure ?

— La légiste, rectifia Peyrat. *Pourquoi faut-il toujours qu'on pense à un homme sous prétexte que la gent féminine est trop sensible pour exercer ce genre de métier ? Les préjugés ont la vie dure. Si la boss fréquentait Catherine, elle se rendrait compte que, justement, sa sensibilité est un atout dans son travail.* Le coup de feu a été entendu aux alentours de 15 heures et sur le corps, seules quelques Calliphoriadae et Mucidae œuvraient déjà ; Catherine Bonpin a prélevé des œufs dans les narines et les oreilles.

— Donc, peu de temps après. Disons, dans la demi-heure, ce qui nous amène vers 15 heures 30, pas plus tard.

— Exact, approuva Royer. *Elle s'intéresse aux insectes nécrophages. Un bon point pour elle.* Delalande, Lemée et Carrère ont attendu moins d'une heure auprès du cadavre.

— Très bien. Vous pouvez vaquer à vos occupations maintenant, et fermez la porte en sortant.

Peyrat et Royer quittèrent le bureau avec un lourd fardeau à alléger rapidement.

Peyrat téléphonait afin d'organiser les prochains rendez-vous face to face avec les chasseurs.

De son côté, Royer, absorbé par sa lecture, hochait parfois la tête. Dans les e-mails échangés entre Cohen et Mwangi, les textes, les citations, et les poèmes alternaient ; une conversation des plus étranges s'étalait sous ses yeux sur plusieurs mois, leurs propres mots s'entremêlant avec ceux des autres. Tout d'abord, ils abordaient leurs occupations respectives, puis philosophaient sur le bonheur, l'argent, la joie, l'amour, la religion. Il ne résista pas à l'envie de partager les écrits avec son coéquipier qui venait de clore à l'instant ses appels.

— Je te communique ce qui me paraît le plus pertinent dans ce ramassis de phrases écrites de façon épisodique sur cinq mois environ. Cohen commence.

« De nombreuses activités dites récréatives approvisionnent les rayons. Il y en a pour tous les goûts et tous les âges ; il n'y a que l'embarras du choix et le choix est vaste : de la culture au sport en passant par le manuel, tout cet échantillonnage prétend être éducatif, renforcer la santé mentale autant que l'aptitude physique. Loin du professionnalisme, le hobby s'inscrit dans la lignée des passe-temps favoris, la bouffée d'oxygène de notre monde actuel.

Chez nous, nous occupons le temps de manière utile. Nous sommes des guerriers dans l'âme. Nous chassons pendant que les femmes ramènent l'eau, s'occupent des enfants, et plantent les graines. Le bonheur est un fruit délicieux qui ne s'épanouit qu'à force de culture. »

— Maintenant démarrent les mots empruntés à des écrivains célèbres.

« La douleur ennoblit les personnes les plus vulgaires, car elle a sa grandeur, et pour en recevoir du lustre, il suffit d'être vrai. Balzac.

Le malheur fulgure et fiche, sa flèche figée à plein corps, ni peur ni cri sur la crête du supportable ; mâcher des mots, mi-rêvés, mi-crachés, parmi tant d'actes défaits. Colette Nys.

L'esprit est toujours la dupe du cœur. En vieillissant, on devient plus fou et plus sage. La Rochefoucauld.

Il n'y a de bonheur possible pour personne sans le soutien du courage. Émile Chartier. »

— Puis la prose change et devient la leur. Ce sont des haïkus.

« Les fleurs sont écloses, senteur d'amandier, le printemps revient. Aurore baignée de pourpre, vol d'un papillon, le bouton de rose éclôt. »

— Et ça continue sur le même schéma.

« Paroles et sagesse, lumière dans les ténèbres, le pas de l'enfant.

L'important dans la vie ce n'est pas d'avoir de l'argent, mais que les autres en aient. Sacha Guitry.

Le sang du pauvre, c'est l'argent. On en vit et on en meurt depuis des siècles. Il résume expressivement toute souffrance. Léon Bloy. Chaleur du désert, le prince des sables est mort, le fleuve est tari.

Intense chaleur, pluie sur le feuillage ardent, douloureux combat. Crépite la brindille, la forêt se tait, le rouge embrase la branche. La flamme dévore, perle d'eau sur le plumage. »

— Là, il manque un vers ; l'inspiration est aussi tarie. Et ça repart.

« Lorsque l'esprit est plein de joie, cela sert beaucoup à faire que le corps se porte mieux et que les objets présents paraissent plus agréables. René Descartes.

On appelle bonheur un concours de circonstances qui permette la joie. Mais on appelle joie cet état de l'être qui n'a besoin de rien pour se sentir heureux. André Gide.

L'aube se dévoile, aux pâles rayons de lune, un homme se meurt.

Gris le ciel en pleurs, bourrasque d'automne, plumage noir du corbeau. Brume évanescente, flocon sur la branche, écoute le silence.

Ici court le ru, là-bas avance le sable, la terre répond.

Le sillon des jours, de l'encrier à la plume, paroles de femmes.

Sueur sur le front, langue sèche et pieds meurtris, rythme du fouet.

La joie ne peut éclater que parmi des gens qui se sentent égaux. Balzac. »

— À ce moment-là, il y a une interruption des e-mails de 17 jours. Balzac a ouvert et clôturé la correspondance.
— Les derniers vers, ils étaient de qui, à part ton Balzac ?
— Mwangi.
— Je vois. La femme blanche n'a pas apprécié l'allusion à l'esclavage. Il a sondé et a obtenu sa réponse.
— Je pense comme toi, mais écoute la suite. C'est Cohen qui reprend contact.

« L'amour physique, si injustement décrié, force tellement tout être à manifester jusqu'aux moindres parcelles qu'il possède de bonté, d'abandon de soi, qu'elles resplendissent jusqu'aux yeux de l'entourage immédiat. Marcel Proust. »

— L'envie de s'envoyer en l'air avec un jeune a titillé les hormones de la vieille. Elle a passé outre sa vexation.
— Tu ne sais pas si bien dire. Je continue avec la réplique de Tendaji.

« Bien aimer, c'est aimer follement. André Suarès. »

— Le reste est moins transcendant. Ils parlent de sa venue en Afrique et lorsqu'elle y est, le premier envoi est pour Adeline Taupin.

— La femme rousse habillée de noir qui était en compagnie de Omondi à la chasse ?

— Dans le mille ! *La chevelure et la couleur des yeux de Bonpin, un moyen mnémotechnique, collègue.*

— Et qu'est-ce qu'elle raconte, notre globe-trotter ? demanda Peyrat visualisant Catherine.

« Je ne t'apprends rien si je te dis que les marchés ruraux de par le monde se ressemblent tous : des couleurs, des odeurs, des étals, des marchands, des acheteurs. Ils participent à l'amélioration du quotidien de ces crève-la-faim, un afflux de vendeurs que le guide a traité de canailles, car ils empiètent sur le revenu du commerce légalisé et entretiennent la colère liée à la promiscuité. Mais dans une région où la survie se défend bec et ongles, l'économie parallèle apporte sa pierre à l'édifice tourné vers le tourisme de masse. Tu me connais, j'ai fui l'hôtel et la visite programmée. J'étais en quête d'authenticité. J'ai laissé tomber la bicyclette ; je t'expliquerai pourquoi après. À bord d'un Land Rover loué, j'ai roulé jusqu'au village recommandé par le barman avec qui j'ai sympathisé. Un black de toute beauté aux tempes grisonnantes. Dommage. Trop vieux. Bref, je n'ai pas été déçue par son renseignement. Tout un monde s'activait dans une vente de marchandises à ciel ouvert. J'étais la seule blanche parmi ce peuple noir aux regards hostiles, s'interrogeant sur ma présence troublant leur quotidien à la limite du voyeurisme. Ces gens parlaient entre eux, ethnies s'interpellant dans leurs dialectes sur mon passage. Tu sais que cela m'indiffère et que je n'ai pas peur. D'après ce que j'ai compris en les observant, tous les jours ou presque, des denrées sont vendues à même le sol dans des paniers ou dans des plats ronds et creux que les femmes ont amenés depuis chez elles sur leurs têtes, des aliments mûris à la sueur de leur front, bravant la sécheresse avec leurs seaux puisés au point d'eau. Elles sont assises derrière cet étalage de fruits et de légumes dont j'ignore la plupart des noms, de plats cuisinés alléchants, et chassent avec leurs mains les mouches attirées par la viande ; les bracelets tintent au rythme de leurs mouvements ; ils participent à attirer le chaland, enfin, c'est ce que j'ai pensé. Plus loin, suspendus dans les airs sur un séchoir à linge branlant ou alignés sur une planche posée sur deux vieux tréteaux mangés par la rouille les waks affichent leurs motifs colorés et géométriques ; ils serviront à la fabrication des Kanzus des hommes et aux boubous des femmes, mais aussi aux tuniques, aux robes longues et aux jupes portefeuille dont sont vêtues les jeunes filles que j'ai croisées lors de ma déambulation et que j'ai suivies à leur insu, étudiant leurs gestes à chaque arrêt ; j'avais le sentiment de participer à une étude anthropologique et sociologique. Une question, cependant, me taraudait : oserais-je photographier ce que je voyais ? Et pour conclure, le renoncement à la bicyclette qui semble être le moyen de locomotion par excellence, mais la vétusté des engins t'effraierait. Chez nous, la petite reine a le vent en poupe. Depuis qu'elle est équipée d'une assistance électrique, elle a aussi conquis le troisième âge. À Bordeaux, l'automobiliste peste contre cet engouement envers les pédales, seul ou en groupe, au milieu de la chaussée ou sur la piste cyclable. La tête dans le guidon, de 7 à 77 ans dirait Hergé, le cycliste a fière allure et je suis du lot, le casque sur le crâne, le tee-shirt trempé de sueur, le pantalon frottant les cuisses, les tennis glissant sur les pédaliers. Un panier devant, un derrière, et c'est parti pour la supérette sans poser pied à terre. Je t'ai déjà raconté que le médecin m'a recommandé cet exercice diabolique bon pour le cœur et les articulations.

Une préconisation à la dernière visite. Je ne sais pas si cela est bon pour mes articulations, mais en ce qui concerne mon cœur, j'ai à chaque fois l'impression qu'il va exploser, la fièvre du samedi soir dans la cage thoracique après avoir parcouru à peine 500 mètres sur une route plane. Sache qu'aujourd'hui, je n'ai pas regretté les efforts fournis, il m'a permis de me déplacer une fois dans cette ville au perpétuel changement. Une seule. Je te relate l'évènement. Un homme devant moi a hurlé « En file indienne ! » lorsqu'il a aperçu dans son rétroviseur une voiture venant de l'arrière. « Roulez l'une derrière l'autre, que diable ! » a-t-il crié à la femme et à la fillette pédalant l'une à côté de l'autre. Je présume que l'enfant écoutait les conseils de sa mère. Il les voyait déjà projetées en l'air et moi aussi. Il n'existe pas réellement de code pour circuler là-bas, chacun y va au feeling et au forcing. C'est la loi du plus débrouillard pour se faufiler et arriver à bon port. L'épisode a mis fin à mon escapade urbaine. Trop dangereux, d'où la location du 4 x 4 le lendemain. Quand je rentrerai, je te montrerai les photos. Tu me connais assez pour deviner que j'ai osé ; j'ai immortalisé des scènes cocasses. Je quitte l'endroit dans trois jours. Là où je demeurerai, je crains que la connexion ne soit pas possible. Je serai chez moi dans une quinzaine. Je ne manquerai pas de te joindre. Bises Kenyanes, mon Adeline. Catherine. »

— Les yeux voient seulement ce que l'esprit est prêt à comprendre, dixit Bergson, cita Peyrat.
— Ou bien l'enfer pèsera aujourd'hui sur ceux qui ont tourné la tête vers l'indifférence. C'est de moi.
— Aucune allusion à Omondi ?
— Aucune.

— Un suspect number one dans le haut du panier comme dirait Caboche. Il débarque et tue le rival. À lui la poule aux œufs d'or.

— Sur le gril demain matin à son hôtel au chant du coq ? et par quel miracle a-t-il pu s'offrir un tel logement, d'ailleurs ?

— Des explications s'imposent et s'ajoutent à celles prévues. Il nous crachera le morceau au petit-déjeuner, mais nous ne sommes pas des tortionnaires, collègue, nous disons 8 heures 30, 9 heures.

— D'accord.

Elle était là, coincée entre le passé et le futur, à attendre qu'une personne la découvrît, la contemplât et l'emportât, la serrant contre son cœur d'une main fébrile.

Elle évoquait la douleur de l'espoir, le teint ayant pâli sous le poids des années, matière fragile craquelée par endroits.

Elle était là à espérer les retrouvailles qui tardaient à venir ; elle avait tant de choses à raconter dont une vie entière ne suffirait pas à combler le vide.

Enfouie sous la poussière du temps, elle frissonna sous le souffle léger, à peine perceptible, telle une chose dérobée avec la délicatesse d'un geste que la curiosité avait motivé.

Des pages jaunies, ondulées par l'humidité, un cahier à la couverture privé d'éclat, elle avait glissé sur le plancher à l'ouverture de celui-ci, la photographie en noir et blanc de ceux que la honte avait voulu oublier, rayer de la mémoire collective, l'aïeul enchaîné aux autres, les regards éteints par la souffrance, et moi, j'étais la descendance qui, jamais, ne le confierait à un étranger, même sur mon lit de mort, être fragile agonisant, la descendance qui avait voyagé et constaté. Élément déclencheur incarnant la rancœur, pulsation rythmant le désir de vengeance, il ne se séparait jamais d'elle.

Simba Omondi faillit avaler de travers son café, ce mardi matin, lorsqu'il aperçut les deux policiers discuter avec l'hôtesse d'accueil. Il n'aurait pas pu se tromper ; outre leurs visages et leurs postures, leurs vêtements étaient conformes aux séries télévisées américaines : jean, baskets, blouson de cuir au col relevé limite biker, ne manquait que la moto. Il attrapa le journal abandonné par son voisin de table. Il le déplia avec l'espoir d'être dissimulé par ce dernier, et rapprocha discrètement la corbeille de viennoiseries. *Kahawa et Polisi, Sina Saana.*

— Monsieur Omondi, bonjour, avez-vous terminé de petit-déjeuner ? demanda Peyrat. Nous avons des questions qui réclament des réponses.

— Pole, la police, Nina Njaa, rétorqua-t-il la bouche pleine tout en abaissant le journal. Servez-vous, c'est à volonté, faut pas vous gêner. Il poussa la corbeille dans leur direction.

Peyrat tira une chaise, Royer l'imita et sortit son calepin avec son stylo-bille coincé dans les spirales. Dans l'univers feutré d'un coin repas sélect, les deux lieutenants débordaient d'énergie, le méchant pour instruire, le gentil pour écrire.

— Vous vous régalez, cela coûte cher un festin pareil, et la chambre, dans cet hôtel, ce n'est pas bon marché. Vous avez les moyens, dites-moi.

— Pole, la police, c'est pas moi qui paye. Ghali Sana. C'est la toubab qui régale.

— Madame Cohen ?

— Deux jeunes blacks chez elle, dans son immeuble de crésus, elle m'a demandé de coucher ici. La peur du commérage, quoi. La vieille d'en face qui fourre son nez partout, la toubab dit qu'elle colporte. C'est comme le billet d'avion, c'est elle qui a craché les pesas. Je les rejoignais, elle et Tenda, vers 10 heures, pas avant, vous voyez, quoi.

— Non, je ne vois pas. Précisez.

— La bagatelle, le crac crac du matin, quoi. Elle a le feu au cul, cette toubab, c'est assez précis comme réponse.

— Explicite. Maintenant que la place est libre, vous vous positionnerez.

— Pole, la police, j'ai que 15 jours pour la France, visa de tourisme, et j'ai mes cultures qui m'attendent là-bas. J'ai déjà passé la semaine.

— Pourquoi vous être déplacé dans ce cas si vous étiez occupé à vos récoltes ?

— Pour le tableau et voir où crécher le Tenda.

— Quel tableau ?

— Celui du musée dont m'avait parlé le Tenda au Tél. J'ai sauté sur l'occasion ; j'avais envie de vérifier par rapport à l'ancêtre, l'esclave, - il avait confié le mot interdit et se mordit la langue, se punissant de sa bévue - et le Tenda, il disait que des négriers avaient vécu dans cette ville. Premier port de votre pays du dix-septième au dix-huitième siècle, c'est pas beau tout ça ; me suis renseigné depuis que j'ai appris. Votre code noir de Louis XIV datant de 1685, rarement appliqué sauf pour la religion, votre catholicisme imposé bafouant la nôtre. Le soleil, l'aïeul, il l'avait sur les épaules à coups de chicots. Même les gosses de nos femmes ne leur appartenaient plus, ils étaient au maître. J'avais les larmes et la rage au cœur, mais j'avais vu et lu. Au pays, je dirai, je confirmerai. « La honte fournit les mensonges qu'on murmure à sa raison. » C'est la toubab qui l'a dit, un soir, à table, quand j'ai parlé du tableau, celui du musée d'Aquitaine. J'ai retenu le nom : Trois nègres marrons, à Surinam. Nègre, on dit plus ça aujourd'hui. Et l'autre, celui de l'enfant enchaîné aux pieds de sa maîtresse comme un chien tenu avec une laisse. Pas beau tout ça ; non, pas beau du tout. Sûr qu'elle déculpabilisait ses ancêtres.

— Madame Cohen a un aïeul négrier ?

— Je sais pas, mais les pesas, y viennent pas comme ça. Les gens qui mangent avec elle ont des pesas plein les poches, ça rend le passé meilleur, ça efface.

— Pourquoi être resté si cela vous déplaisait de fréquenter ces personnes ? La date d'un billet peut être avancée.

— Pour le Tenda, il en avait assez d'être tout le temps seul.

— Développez.

— La toubab ne l'emmenait plus. Avant, ils bouffaient au resto, souvent, beaucoup pesas, de la viande, du poisson, du fromage, du dessert, du bon quoi. Y avait même des menus appelés vegan et végétarien qu'il a raconté à son oncle. Vous trouvez raisonnable de manger comme ça quand des gosses souffrent du manque de nourriture chez moi et se jetteraient, comme des fauves, sur un morceau de viande. Nina Aboya ! Connerie ! Ils ont même passé des jours à la neige. Moi, la neige, connais pas, et le Tenda, il a pas aimé. Trop froid. Et la route, trop long, plus de trois heures, coincés dans la Gari. J'ai reçu des photos sur mon Tél. Vous voulez les voir ?

— Pourquoi pas ? réclama Peyrat tendant le bras.

Les prises de vues défilèrent les unes après les autres. Loudenvielle. Hôtel Mercure 4 étoiles. Une chambre au cœur de la vallée du Louron, une région connue pour sa cuisine gastronomique et ses villages authentiques. Une vue sur la station de ski avec Tendaji Mwangi, raquettes aux pieds, qui semblait geler sur place malgré son équipement, le visage fermé. Une autre photographie montrait le couple avec des chiens de traîneau à l'arrêt, prêts à partir pour la balade. Sur la suivante était le menu d'un chef étoilé : entrée poitrine de bœuf croustillante au miel de Gironde et moutarde à l'ancienne, plat lieu jaune de ligne avec pâte miso et artichaut ou pluma ibérique grillé et composition végétale, notre sélection de fromages affinés de la Maison Beillevaire, dessert mille-feuille vanille et cerise. Parmi tous les clichés, aucun ne figeait deux personnes amoureuses, dans le regard ou dans les gestes. La romance s'étiolait.

— Comment expliquez-vous le choix de votre ami ?

Simba vida sa tasse. Il jeta un œil vers le buffet.

— Une autre ? proposa Royer, se levant.

— Ninataka Kahawa, Nina Kiu. Merci.

Simba ne détachait pas les yeux de Royer, surveillant le remplissage de sa tasse.

Peyrat analysait l'ami de Mwangi, mais était-il vraiment un ami ?

— Comment définiriez-vous votre ami ?

Simba fut surpris par la question. Deux minutes de réflexion, le temps d'avoir sa tasse remplie entre les doigts.

— Attiré par les pesas. Il avait du travail, un bon, mais il se plaignait à chaque fois que je le croisais au village. Gardien à la réserve, il ne se gênait pas pour me voler les animaux que j'avais braconné qu'il bouffait avec les autres gars de la réserve, il partageait pas ; soi-disant que c'était pour que j'arrête. Merde ! s'énerva Simba, tapant du plat de la main sur le plateau, la cuillère tinta dans la sous-tasse. La forêt nous appartient autant qu'aux pourris du gouvernement ! Au début, il pionçait dans une Gari abandonnée et après dans une vraie piaule, une en dur, pareille à celle de l'oncle qui vit à Kakamega avec un beau toit rouge, des fenêtres aux beaux carreaux et une petite terrasse devant, où on boit avec les copains quand on a fini sa journée – c'est ce qu'il nous raconte l'oncle quand il vient – pas comme moi et ma famille qu'on vit dans des murs en torchis et le sol en terre battue, à dormir sur une natte et pas sur un matelas douillet comme ici. La vie rude du pays, il n'en voulait plus ; pourtant, il était mieux loti que nous autres, mais, à force de fréquenter ces touristes blindés de pesas, il a rêvé d'une autre vie, une plus facile. L'oncle, il rend visite à la famille tous les mois et mange avec nous par terre la cuisine de la mère. Il lui apporte des épices et d'autres choses de la ville dont elle a besoin. Il a bien travaillé à l'école, il était bon pour les études, il a un travail dans un laboratoire, pas orgueilleux, l'oncle. La famille est fière de lui, il donne des pesas quand on manque alors que le Tenda, il planquait ses sous pour pas les dépenser, alors il venait pas nous voir, il devait avoir peur qu'on les lui prenne, ricana-t-il. Et vous savez ce qu'il avait dans le crâne ?

— Dites-nous, vous semblez très informé.

— Acheter une station solaire pour avoir Internet avec son Tél. Et il l'a fait, le con ! Il a commencé à chatter sur un site où les toubabs vont pour le sexe. Des vieilles qui puent le cadavre, elles n'ont pas d'odeur alors, le parfum qu'elles se pulvérisent sur leur corps, c'est pour qu'on les supporte. On n'était pas d'accord. Il leur recopiait des trucs appris à l'école pour les attirer, leur chanter l'amour au son des tam-tam sous le ciel étoilé de l'Afrique, et après, il parlait de la virilité du membre noir, de la performance de la jeunesse black. L'oncle, il l'avait mis en garde ; le Tenda, il a pas écouté. Au début, j'ai pensé qu'il montait une arnaque et qu'il soutirerait des pesas à la toubab qui tomberait dans le panneau, mais c'était pas ça son idée. Il a labouré large sur son internet, et c'est la toubab de Bordeaux qu'il a ferré. Elle a craqué sur lui, envoûtée qu'il me disait - ça, c'est possible avec le sorcier - et c'est comme ça que ça s'est fait : le voyage, les appels au Tél., moi ici. Je me souviens de ce qu'il m'a dit à la partie de chasse : « Simba, ce que demain apportera, nul ne le sait. Aujourd'hui meurt dans les cendres du passé. » Il aurait mieux fait de garder ses amulettes de protection aux bras et autour du ventre. Ce con les avait enlevées juste avant de partir ; il avait peur d'effrayer la toubab ; moi, je les ai gardées, faut pas contrarier un sorcier, ça porte malheur. « Faut souffrir pour atteindre le sublime », qu'il clamait au village ; ben, maintenant, ce con ne souffrira plus ; son mariage, il l'aura pas eu.

— Quel mariage ?

— Ben, c'était pour ça l'internet, la France. Ne plus vivre chez nous, quoi ; le Tenda, c'était un traître qui reniait ses origines. Il avait pris dans ses filets le gros poisson, la toubab Catherine, à force de baratins, et pour rester, il faut se marier. Il m'a demandé d'influencer la toubab, mais, moi, je ne m'occupe pas des affaires des autres, mes emmerdes me suffisent. Il a même écrit sur un carnet ce qu'il ressentait, ce con ! L'aurait pas dû.

Royer nota : carnet de Mwangi à réclamer à Madame Cohen ou à chercher en perquisition, mandat.

— Vous évoquiez tout à l'heure l'oncle de Mwangi. Auriez-vous ses coordonnées ? pour le corps à disposer, les obsèques ?

— Pas moi, c'est pas mon oncle. Dans la famille, je l'appelle Oncle, mais c'est un cousin éloigné que la mère a élevé et j'ai toujours préféré dire Oncle, car il est plus vieux que moi et le Tenda. Par respect, quoi. Le Tenda, il doit les avoir chez la toubab. Je peux vous y amener, j'ai le double des clés, celles qu'il avait, j'ai rendu celles de la mère, je devais forcer, un double bâclé ; maintenant, c'est moi qui les possède, pour la cuisine, vous savez, quoi.

Peyrat se tourna vers Royer qui comprit le message et s'empressa de composer le numéro de Catherine Cohen sur son iPhone 13 d'occasion - il insistait toujours sur le terme employé, fier d'être un consommateur responsable. Réponse : elle les attendrait trente minutes avant de démarrer la tournée de ses salons de coiffure, au-delà, elle quitterait son domicile et ne reviendrait qu'au déjeuner

— Allons-y, Monsieur Simba, annonça Peyrat, reculant son siège.

Royer se leva, approuvant la décision de l'aîné.

Simba chopa un croissant qu'il avalerait sur le trajet. La viennoiserie avait la couleur de la victoire sur l'ennemi, celle de la faim qu'il avait trop souvent éprouvée.

Une idée germait dans le cerveau de Peyrat tandis qu'il marchait dans la rue. Une pensée amenait l'autre ; l'araignée tissait sa toile neuronale. *Et si Catherine Cohen avait manipulé Simba Omondi afin d'être débarrassé de Mwangi ? La flèche avait le D du délinquant, du délit, de dégainer, de dézinguer ; elle désigne le responsable marqué au stylo argent à défaut de fer rouge. Delalande n'a pas le profil, le bénéfice de sa mort ne lui rapporte rien. Mwangi, ayant tiré avec les flèches du vieux, est un parfait coupable. Coupable sans avoir décelé le piège tendu. Un monde de D pour un homme envoyé tout droit dans le guêpier signé Cohen.*

Le trio sonna à l'interphone de l'immeuble peu de temps avant l'ultimatum.

Catherine Cohen les attendait sur le seuil, un post-it à la main. Sa tenue vestimentaire était plus colorée que la veille. Une robe s'arrêtant au mollet avec de grosses fleurs violettes imprimées sur un fond noir. Un gilet couleur prune déboutonné. Le deuil ne seyait pas à Madame. Elle l'avait remisé dans les tiroirs.

— Voici les coordonnées de l'oncle de Tendaji. Je les ai trouvées dans son carnet.

— Merci, Madame Cohen, répondit sur un ton cordial Royer.

— Justement, ce carnet, il nous le faut. Pièce à conviction, réclama Peyrat d'une voix ferme.

— C'est que je comptais le garder, argumenta Catherine. Que me restera-t-il de lui sinon ? *J'aurais dû le détruire. A-t-il écrit quelque chose de compromettant ? Comment le savoir ? ! C'est stupide de ne pas l'avoir lu.*

— Madame, le carnet, s'impatienta Peyrat.
— Me le rendrez-vous ?
— Ce sera à la justice de décider. *Un D de plus.*
— Très bien. Entrez. Elle s'écarta. Ne restez pas dans le couloir. C'est inconvenant envers mes voisins de palier. Il est dans ma chambre, je vais vous le chercher.

Simba, grand seigneur, entra le premier et les conduisit au salon. Il se pavanait au milieu des richesses, oublieux de sa pauvreté, son attitude renforçant le soupçon.

Lorsque Catherine revint, Peyrat attaqua.

— Entre vous et Monsieur Mwangi, le mariage était envisageable, n'est-ce pas ? car n'est-il pas la concrétisation d'un amour sincère entre deux individus.

— Jamais de la vie ! s'emporta-t-elle, surprise elle-même par sa réaction. *Calme-toi, Catherine, où tu finiras sur l'échafaud.* Nous étions très bien ainsi. Une ou deux fois, nous l'avions évoqué sans avoir retenu cette possibilité puisque nous aurions prolongé son séjour. Dans le pire des cas, si notre sollicitation avait accusé un refus, Tendaji serait reparti et resté chez lui pendant quelques mois avant que la situation soit pérenne. Interrogez mes amies, elles vous confirmeront mes dires.

— Qui sont ?
— Adeline Taupin que vous connaissez déjà, et Sylvie Mandon qui vit à Paris. Je vous dicte son numéro.

Royer nota sous la dictée sur le post-it qu'il avait collé dans le carnet à la première page.

— Il faut que j'y aille sinon je n'aurais guère de minutes à consacrer à ma vieille mère après les visites de mes salons. La pauvre femme sera bouleversée par la nouvelle. Elle appréciait tellement Tendaji. Elle fit le geste d'essuyer une larme.

— Nous prenons congé, Madame Cohen. Nous ne manquerons pas de vous questionner à nouveau. Cette mort est complexe, assura Peyrat.

— Kwaheri, dame Catherine, je m'occupe du repas. Du filet de poisson aux mangues. J'ai encore des pesas sur les 200 d'hier. J'irai à la supérette ; je connais le chemin maintenant.

— Parfait, Simba. Je pars, dit-elle, attrapant son sac à main et son manteau qu'elle avait jetés avec négligence sur le canapé.

Le trio évacua les lieux et se sépara dans la rue.

— Orage persistant entre les deux amoureux, Cohen et Mwangi, analysa Peyrat.

— Une évidence qui crève les yeux, approuva Royer. Et un loup dans la bergerie avec Omondi, ajouta-t-il. Il y a de quoi être soucieux.

— L'étau se resserre. Intuition confirmée, ou pas, demain, avec nos trois chasseurs.

— Mais il ne faut pas vendre la peau de l'ours avant de l'avoir tué.

— L'oncle éclaircira nos supputations.

— Deux heures de décalage horaire, il sera passé treize heures chez lui.

— La pause déjeuner. Fonçons au commissariat, nous mangerons après.

— Une triste habitude.

— Oui, mais aux alentours de midi, ne te plains pas.

Un appel vidéo sur un écran de téléphone portable, c'était tout ce que les deux lieutenants pouvaient obtenir de la part de l'oncle à cette heure de la journée. Le son était correct, l'image moins.

Peyrat et Royer avaient calé le mobile entre le pot à crayons et l'agrafeuse. Il était appuyé contre l'écran de l'ordinateur, un visuel minuscule comparé à l'océan d'images défilant derrière lui.

Demba Kyalo décrocha à la troisième sonnerie. La blouse blanche reflétait le statut du Kenyan. La paillasse avec ses tubes de sang qu'on apercevait dans l'angle droit attestait qu'il déjeunait sur son lieu de travail. Derrière les lunettes, l'interrogation perçait les verres.

— Monsieur Kyalo, je suis le lieutenant de police Peyrat et voici mon collègue, le lieutenant Royer, nous vous contactons de France au sujet de votre neveu, Tendaji Mwangi.

— Oui, j'ai eu connaissance de son départ, il me l'avait signalé.

— Nous sommes au regret de vous annoncer qu'il est décédé il y a deux jours.

— Comment est-ce arrivé ? Kyalo fronça les sourcils, l'air faussement surpris.

Peyrat et Royer se consultèrent un bref instant du regard.

— Lors d'une partie de chasse à l'arc.

— Avec qui ? demanda-t-il, suspicieux.

— Plusieurs personnes, y compris la femme chez qui il logeait.

Silence. Demba Kyalo digérait l'information au lieu du sandwich qu'il tenait toujours entre ses doigts.

— Je n'étais pas d'accord avec lui, s'insurgea-t-il. S'expatrier pour une femme plus âgée et jouer le chevalier blanc avec une étrangère étaient le signe d'un aveuglement, mais il n'en démordait pas. Il croyait à la sincérité de la femme blanche, ajouta-t-il, et a essayé de me convaincre avec la légende de Abdou. Il se fourvoyait et vous, vous me le confirmez aujourd'hui.

— Racontez-nous cette légende qui vous semble décisive.

— Abdou capture un crocodile grâce à un piège, lui fracasse le crâne avec une pierre et le cache dans un buisson. De retour au village, il demande au chef d'organiser une chasse avec une grosse récompense pour le premier qui rapportera un crocodile mort. Tous les hommes vaillants partent, mais lui, il retourne au village et se vante de son exploit auprès de sa douce amie. Un aveugle entendit la conversation et fila s'approprier la prise. Abdou est traité de menteur lorsqu'il affirme l'avoir tué, et l'aveugle obtient la récompense. Conclusion : il n'y a pas de malin qui ne trouve plus malin que lui. Je suppose que mon neveu a trouvé plus malin que lui pendant cette partie de chasse, n'est-ce pas ?

— Un peu tôt pour le confirmer, Monsieur Kyalo. L'enquête débute.

— Un jeune noir avec une femme blanche ne fonctionnera jamais, affirma-t-il, excédé, sans cacher son opinion sur le sujet brûlant.

— Avait-il évoqué avec vous un mariage lors de ses appels ?

— Une manigance de plus à son palmarès. Mon neveu n'était pas un saint. Il profitait de la gentillesse des gens et les manipulait, il aura eu le revers de ses actions infâmes. Je ne le plaindrai pas. Il a apporté la honte sur la famille, il l'a gangrenée. Ses parents l'avaient nommé Tendaji, qui fera de grandes choses en Swahili. Quelle ironie du sort !

Le ton était acide. Nul pardon, ni excuse vis-à-vis du banni.

— Concernant le rapatriement du corps ?

— Je ne paierai pas, répondit-il, catégorique, et les parents sont désargentés. Ici, nous incinérons nos morts et les rendons à la terre nourricière. Faites de même et enfouissez les cendres sur cette terre de France qu'il convoitait tant.

— Simba Omondi. Saviez-vous qu'il l'avait rejoint la semaine dernière ?

— Non, mais je ne suis pas surpris. Simba est un jeune homme droit. Simba, guerrier courageux, ce prénom lui correspond. Il sera venu le raisonner et le ramener au pays. À chacune de mes visites à sa mère, nous récitons ensemble le poème de Léopold Sédar Shengor, pour ne pas oublier qui nous sommes.

« Quand je suis né, j'étais noir,
Quand j'ai grandi, j'étais noir,
Quand je suis au soleil, je suis noir,
Quand je suis malade, je suis noir,
Quand je mourrai, je serai noir.
Tandis que toi, homme blanc,
Quand tu es né, tu étais rose,
Quand tu as grandi, tu étais blanc,
Quand tu vas au soleil, tu es rouge,
Quand tu as froid, tu es bleu,
Quand tu as peur, tu es vert,
Quand tu es malade, tu es jaune,

Quand tu mourras, tu seras gris.
Alors, de nous deux,
Qui est l'homme de couleur ? »
Cela répond-il à votre requête ? Il regarda sa montre.
— Parfaitement.
— Messieurs, il me faut reprendre. Tenez-moi informé. Pour la famille.
– Nous le ferons. À bientôt, Monsieur Kyalo.
Peyrat mit fin à l'appel.
— Mwangi n'était pas aimé par les siens. Une âme de roublard.
— Il semblerait, et la lecture du carnet cernera mieux sa personnalité.

Après Kyalo, ce fut le tour de Sylvie Mandon. Elle décrocha aussitôt. Elle était trop occupée pour leur répondre ; elle formait une stagiaire. Elle leur fixa un rendez-vous, chez elle, deux jours plus tard, à partir de 17 heures. Contrarié, Peyrat raccrocha.
— Alors ? questionna Royer.
— Indisponible. Elle ne parlera que dans ses murs. Elle sait des choses qu'elle ne souhaite pas divulguer maintenant. Il y a des oreilles indiscrètes auprès d'elle.
— Caboche ?
— Caboche.
Il n'y avait pas d'alternative ; le déplacement s'avérait nécessaire. Maryse Caboche accorda la demi-journée, un aller-retour sur Paris en train jeudi avec ordre de soutirer des informations pertinentes et non des commérages. « Deux jours depuis le crime, il faut avancer avant d'être la risée des médias » exigea-t-elle, la voix ressemblant au couperet d'une guillotine. Royer et Peyrat, quant à eux, sourds à la remarque, avancèrent vers la pause déjeuner ; ils mangeraient à l'heure.
De retour au commissariat, les deux lieutenants commencèrent la lecture des confidences de Mwangi, assis l'un à côté de l'autre, le premier attentif, le second bougonnant sur son siège, le cadet ayant exigé sa participation à l'épreuve, se rappelant celle des e-mails précédents.

Le notebook contenait 120 feuilles. Quasiment la totalité des pages avait été noircie. L'écriture était confuse par le manque d'espace entre les lignes et les mots, auquel s'ajoutaient les corrections. L'ensemble montrait l'intense réflexion à coucher sur le papier le ressenti, à exprimer le recul dans le jugement. Cette imprécision, cette objectivité perturbée pouvaient expliquer la vie affective de l'Africain qui démarrait son vécu par une citation de Nelson Mandela : « Un être humain, c'est une lumière libre qui se fait braise quand elle tombe, et incendie quand elle se relève. » avant de poursuivre.

« Un géant s'écroula sous le poids des armes, la plaine ensanglantée pleurait ses morts, le ciel lavait la terre avec ses larmes. La bibliothèque de Catherine regorge de livres. Je m'instruis et compare nos deux mondes aux éternels conflits.

Jadis, la sujétion seigneuriale opprimait les serfs depuis des mois. Les plus vindicatifs avaient émis la suggestion d'un soulèvement dans la taverne où ils s'étaient réunis, attablés devant un godet de vin rouge échauffant les esprits. Vers le château, ils avaient marché, brandissant leurs fourches et leurs râteaux, gueulant leurs revendications à l'image des pillards après le passage des barbares s'octroyant les biens durement acquis malgré les prélèvements du Seigneur. Ils avaient défendu leurs nippes, leurs écuelles et leurs victuailles pendant que ce dernier guerroyait loin de son domaine, parti à la croisade comme il partait à la chasse, cœur vaillant d'une gloire défaite.

Des décennies plus tard surgirait la révolution, libérant la vengeance, réclamant « réparation ». Derrière les fenêtres et les portes closes, l'inquiétude grandissait à passer de vie à trépas.

Deux cents ans avaient passé sous le joug de la guerre, et l'opposition embrasait les feux de la révolte, refusant le dialogue, élevant les barricades, lançant pavés et projectiles. Impossible à raisonner, la foule, mue par un élan contestataire, scandait les slogans, revendiquait les idéaux bafoués, sourde à la conciliation citoyenne.

Chez moi, aujourd'hui s'apparente à hier. L'homme recule en avançant, la main sur le cœur au lieu d'avoir le fusil à l'épaule, et être prêt à tirer sur le briseur de rêves, le baratineur. Révolte-toi ou tu seras, toi aussi, un esclave des temps modernes, un noir sous le joug des puissants blancs de peau.

« L'esclave est comme un arbre résistance » écrivait le poète François Cheng. Alors, moi, je crie à la face du monde : « Esclave libéré sur le mur d'un taudis, tes contours dessinaient ta souffrance. Esclave au passé alourdi, tu revendiquais des uns l'ignorance et des autres les fautes. Dans l'oubli, dans l'indifférence, j'éteins les flammes des chimères, je marche la tête haute. »

Objet inanimé, avez-vous donc une âme ? une personnalité si accaparante qu'elle muselle l'homme scotché à son smartphone, à sa tablette, ou encore à son ordinateur portable, des biens si importants qu'il les considère comme un ami. Fidélité dans l'information déversée en continu qui situe l'épisode aux quatre coins de la planète, l'ailleurs est à la porte. Chaque personne ingurgite, digère, et recrache aussitôt le communiqué avec sa communauté, mais a-t-elle seulement comparé les sources et démêler le vrai du faux ?

Servitude de nos jours, le libre-penseur fuit le consumérisme, refuse cet asservissement consenti sans se méfier qui a noyé en son sein le libre arbitre.

Libre-penseur, dinosaure qui peine à être entendu parmi la foule sourde et aveugle, qu'adviendra-t-il de toi demain ?

Qu'adviendra-t-il de moi ici ?

Je n'ai pas tout compris le texte de l'article paru dans le journal ce matin, et, ce soir, refermant le carnet, je m'interroge encore sur sa compréhension et je terminerai avec Cheng dont les phrases résonnent en moi : « Ce qui peut se dire, ne se dira pas, ce qui ne le peut, sera dit sans cesse, quel jour quelle nuit, quel moment d'oubli, surgi du tréfonds, le pur dit humain, rompant les entrailles, à fleur de peau, d'âme, transmettant tout désir, en appel écho. »

J'apprends à penser. Je suis moins inculte. La pensée me rapproche d'elle.

Le souvenir est une mer changeante au gré de nos humeurs. Il avance et recule, tapi dans la mémoire. Il est l'orage tempétueux soulevant la vague et le calme apaisant à la surface du lac, celui que je contemplais depuis que j'existais, le lac Victoria de mes jeux d'enfant. Qu'est-ce que j'ai retenu de ces heures fugaces ? l'amertume d'être né là où je n'aurais pas voulu naître, engloutissant l'espoir d'un ailleurs idéalisé. J'enferme mes rêves dans cette bouteille que je jette dans le torrent tumultueux de ma destinée afin d'atteindre le rivage d'un futur présent. Je te l'envoie, à toi qui sauras déchiffrer ma détresse, apaiser mes craintes, abreuver ma soif, rassasier ma faim, et cette fin en soi s'apparentera au bonheur de vivre enfin. Je te l'envoie sur les ondes d'Internet. Toi, ma Catherine, tu as entendu l'appel, et je suis et serai toujours auprès de toi, fidèle compagnon de tes jours et de tes nuits, dans la joie et dans la peine.

La parole se propage. Transmise par les satellites, les antennes ou les câbles, son support est diversifié : radio, télévision, téléphone… partout où l'industrie a pu transporter la puissance des mots. Sur notre terre, il existe des endroits retirés où capter les ondes s'apparente à une prouesse nécessitant moult ingéniosité.

Je me souviens. La tradition orale autour du feu avait été détrônée par le transistor à piles grésillant sous les étoiles. Son propriétaire le déplaçait selon la demande et l'efficacité de la réception. Envié, mais jamais volé, tel un trésor local. Sur le sol de l'Afrique, on économisait le temps d'écoute, on accumulait les petits cylindres à l'énergie indispensable, et on renouvelait le stock lorsque celui-ci était épuisé. Chacun apportait son obole, gage de la pérennité de l'usage. Sur le sol de la France, j'écoute à l'infini. Je profite de cette facilité sans me lasser. On s'habitue vite à l'abondance. Quelle joie d'être dans cet éden. Quelle chance j'ai eu d'envoûter Catherine avec des phrases qui ne sont pas miennes ; j'agis tel un voleur et ne le regrette pas.

Ici, c'est l'école pour instruire, pour grandir avec la connaissance. Partout, je la savoure, dans les transports publics ou sur un banc, à la maison ou au boulot, sur une feuille de papier ou sur un écran.

Là-bas, c'était l'école de la survie, combattre le destin qui s'acharne tous les jours un peu plus jusqu'à l'effondrement de soi sans écrire une ligne de ce qu'on a été, un passage sur terre vite oublié.

Je trace mon sillon à l'encre de mes jours.

Je laboure le corps de Catherine chaque nuit. Je m'assure qu'elle ne se lasse jamais de moi ; j'y veille à chaque instant passé avec elle et au-delà. Sur la tombe de mes ancêtres, je jure que personne ne me l'enlèvera.

Je me souviens, enfant. Deux canettes de coca-cola remplies de sable délimitaient les buts. Des branches au feuillage fané posées au sol marquaient le périmètre du terrain. Nous savions que les quatre morceaux de bois maintenus droits par les pierres à leur base indiquaient les quatre angles. À chaque période d'intempéries, il fallait recommencer l'installation, mais des intempéries, il n'y en avait pas beaucoup, alors nous laissions tout sur place jusqu'au jour où nous trouverions le moment pour jouer de nouveau, peut-être le lendemain avec l'accord des grands, sinon nous aurions rongé notre envie à force de les regarder derrière les limites tracées au sol, debout à commenter les fautes et à s'extasier des prouesses. Le ballon de football avait des marques d'usure ; nous ne distinguions plus la surface rapiécée de l'originale à force de taper dedans avec nos souliers aussi usagés que lui. Il était juste une boule avec des bouts d'adhésif qui se détachait et un rembourrage de vieux chiffons coupés remplaçant les fibres de polyester échappées par les trous. Mais il nous suffisait, à nous les petits, nous ne râlions pas, car nous nous contentions des choses que nous possédions telles un trésor. Une pelouse verte avec des cages blanches et des piquets plantés aux angles, nous nous moquions de cela, nous voulions taper dans la boule, chausser les crampons usés jusqu'à la semelle pour courir sans s'arrêter jusqu'au goal adverse. Mais je frottais mes paumes, je m'essuyais le front, et je continuais la tâche exigée par la mère ou le père.

Maintenant, je marque les buts. Avec Catherine, je gagne ; elle est sans défense, c'est un goal qui perd face à un adversaire impitoyable. Je suis le meilleur attaquant noir de la planète.

Là-bas, il pleut des larmes de sang sur une terre acide crevassée par la sueur de ceux qui s'épuisent, une malédiction, une erreur de casting à la naissance.

Sous les rayons ardents, les pieds soulèvent la poussière, les yeux cherchent la molécule d'eau tombée du ciel qui s'est enfouie dans les profondeurs, et le bâton rythme la lenteur de la marche, la voix implore pendant que l'oreille tente d'ouïr un son.

Entends le silence, toi qui vas vers l'horizon. Mirage de plénitude, est grand celui qui voit à travers toi, qui efface le malheur d'un revers de main ; il continue son chemin vers l'Arbre Sacré aux puissantes racines dans lequel il puisera sa force.

Que suis-je devenu, ici ? où est ma force ? La neige. Le froid. Le confort de l'hôtel et les restaurants onéreux ne me conviennent pas ; je suis insatisfait. Pourquoi subir ? Est-ce que j'ai perdu mon âme à la suivre ? J'ai le sentiment qu'elle m'échappe ; l'Arbre donne et reprend, la force me quitte.

Le bonheur, l'amour, est-il « affaire de raison » ?

J'ai posé la question à Catherine ce matin avant qu'elle ne me quitte. Elle a esquivé et m'a cité Sénèque : « Vivre heureux est ce que veulent les hommes, mais, quant à discerner ce qui rend la vie heureuse, ils sont ténèbres. Et il est tellement peu facile d'atteindre la vie heureuse que, plus on est pressé de la rejoindre, plus on s'éloigne si l'on s'est trompé de chemin. »

J'ai eu la journée pour trouver la réponse que je lui dirai ce soir : tout dépend de quel côté se situe celui qui se pose la question méritant une réponse réfléchie.

L'amour croise le bonheur dans l'instant, et le bonheur attend l'amour dans l'attention que l'individu lui porte.

L'amour de l'objet inanimé, s'apparentant au désir de possession avec l'impatience que lui confère la fugacité de l'appropriation, se dissout dans la croyance du bonheur dans laquelle la raison vacille.

L'amour de l'objet animé, vécu dans un rêve tardant à se concrétiser, prendra fin avec l'attirance mutuelle de deux personnes éperdues de bonheur, oublieuses du passé et tournées vers l'avenir jusqu'à la rupture du lien les unissant, emportant avec elle une raison qui porte conviction.

La raison appelle au calme de l'esprit, permettant la jouissance du présent, mais je souhaiterais l'avoir avec elle. Je terminerai par l'autre phrase de l'homme qu'elle a cité : « chaque jour séparément est une vie séparée. ».

Est-ce qu'elle comprendra que je lui parle de notre relation ?

Je garderai en moi la détresse de ma solitude. Je l'éprouve chaque jour et me tais. J'attends la venue de Simba. Saura-t-il la raisonner ?

Notre nuit.
Je l'avais imaginée dans l'avion.
Mes doigts s'ouvriront lentement, libérant la paume offerte à celle de l'être convoité avec la grâce d'un rapprochement, âmes et cœurs battant à l'unisson. Un doux frisson. Un frémissement d'ailes de papillon dans un univers sombre pesant sur mes épaules. De cette femme, je goûterai à nouveau le nectar, je lécherai sa peau hâlée par les expositions répétées sous la lampe à bronzer, je répondrai à l'appel des sens avec des mots susurrés à l'oreille, des mots envoûtants que je sais prononcer. L'attente prendra fin avec elle. Tout sera bien. Je savourerai ma victoire sur une vie tracée à l'avance dont j'ai su dévier la trajectoire.

Que reste-t-il de mon rêve ?
Rien.
LE NÉANT.

Le mariage, est-il un début ou une fin en soi apportant le bonheur ?

Certains se marient par devoir, perpétuant une tradition ancrée dans les coutumes, quitte à perdre son identité dans la lassitude. L'amour a été banni du vocabulaire et celui qui osera formuler le mot sera vilipendé par ses pairs ; outrage impardonnable aux bonnes mœurs, celles associées aux alliances patrimoniales, l'emploi du passé assume le présent.

Résurgence ou abolition de façade ?

Lorsque les intérêts sont un enjeu incontesté, l'acceptation forcée plie la volonté à s'insurger. Le matérialisme est devenu un tsunami brisant l'élan amoureux des convaincus, derniers bastions d'une époque révolue. Le mariage, pilier de la cellule familiale tel que les aïeux le concevaient, s'associe encore à la dot là où l'argent prédomine. Il a engendré la faiblesse humaine. L'acte consenti par la domination engendrée garantit la sécurité aux dépens de l'individualité.

Se fondre dans le couple et accoucher d'une pensée unique serait-il une usurpation ? Erreur ou vérité ?

Le mariage, une aliénation des âmes conformes aux dogmes. Je suis pour, Catherine, contre. Même Simba, le traître, a fait alliance avec elle depuis qu'il est arrivé.

La fin approche et je la refuse. Je dois explorer les faiblesses de cette femme avant qu'elle ne m'expulse de son lit. Elle ne cesse de répéter : « c'est moi qui récompense et c'est moi qui punis. » Elle détient l'argent et abuse de ce pouvoir sur moi. Sans mariage, c'est le retour à la pauvreté, chien galeux rentrant à sa niche la queue entre les jambes. Ne pas y songer. Éloigner cette pensée mauvaise, lutter et VAINCRE.

Demain, nous partons. Nous allons chasser. « Le croissant sur la route des vacances n'a pas la même saveur que celui acheté le dimanche matin à la boulangerie du quartier », a raconté Catherine dans la voiture en revenant de l'hypermarché. Simba buvait ses paroles, je n'écoutais pas. « Il est une halte dans la ferveur d'arriver au lieu de villégiature et d'embrasser le farniente qui suivra. Il y a des gens qui foncent vers leur destination, renonçant à la fugace joie à savourer le croustillant de la pâte à la terrasse d'un café tout en rêvant aux jours qui passeront trop vite, à murmurer les désirs et oublier le quotidien. Le croissant sur la route des vacances est la madeleine de Proust qui naît et meurt. » Simba a approuvé. Le traître a acquiescé comme à son habitude. Je doute qu'il sache qui était l'écrivain que Catherine a cité.

« Au prochain village, je m'arrête » a-t-elle ordonné. Simba a applaudi, moi, non. Je ne claque pas des mains tel un chien jappant contre son maître. Je ne suis pas un mystificateur. CETTE FEMME EST À MOI ! ELLE LE RESTERA !

Au cours du souper, la conversation ne relatait qu'une partie des faits au sommet d'un iceberg dont la base s'enfonçait dans les turpitudes. Les mots avaient la sincérité mensongère du souhait exprimé et dissimulé sous leurs masques. Simba me reproche souvent de parler comme les blancs, de les imiter, mais qui était le traître à cette table ?

Leurs mensonges équivalaient à des vérités cachées louvoyant dans la noirceur sous la forme d'énigmes à résoudre, des suppositions fausses à démontrer telles une équation à plusieurs degrés afin de sublimer une réalité hypocrite. Devant moi, Simba se parjurait.

JE LE HAIS ! ELLE M'APPARTIENT ! »

— Virulent, l'Africain, constata Peyrat.
— La poule lui échappe. Il pleure les œufs et réclame son dû. L'arrivisme et l'avidité influent sur une poignée de

gens, le regard acéré par la convoitise. Orienter sa destinée vers une situation noble et enviable, telle est la direction ; certains choisissent l'effort et d'autres la paresse. Notre technologie y pourvoit aisément, Internet étant un des moyens pour y parvenir. Il insuffle la volonté d'accroître un statut social en berne, la visibilité se confondant avec la notoriété, représentation d'une société à l'aura mercantile. La Nébuleuse étoile brillant par ses attraits alléchants affiche le commerce de l'amour à l'instar d'une transaction commerciale. Les sites de rencontre fleurissent exempts de la sécheresse et du gel des sentiments. Ils sont prêts à s'épanouir devant la description frauduleuse, faisant fi d'une crédulité surannée. Le piège se referme au fur et à mesure des échanges sur la naïve proie. Mwangi espérait réveiller la princesse endormie, le retour de bâton est douloureux. Lui, qui croyait attraper Catherine Cohen dans ses filets, est enlisé dans son propre piège.

— Un duel entre lui et Omondi. La fin éclaire le mobile ; il étincelle dans la nuit. Nous savons qu'il a utilisé les munitions du président. Il n'est peut-être pas aussi nul que Taupin sous-entendait.

— Exact. Quand est-ce qu'on le voit ?

— Demain après-midi.

— Et quelles sont les réjouissances du matin ?

— Taupin, et Delalande avec quelques chasseurs, ceux qui seront disponibles.

— La voyante ?

— Après.

— Confrontations en perspectives. Caboche sera ravie.

— Puisses-tu dire vrai, collègue, et qu'elle nous fiche enfin la paix.

« Eh merde ! » l'exclamation avait exprimé à elle seule le désarroi éprouvé de la conductrice. Nulle âme ne vivait à l'horizon. Une route départementale qui serpentait entre les champs entrecoupés de bosquets. Plaine, morne plaine sur laquelle rougeoyaient les derniers rayons ; et bientôt la lune éclairerait ce désert rural. La jauge avait depuis longtemps dépassé la limite raisonnable. La station-service encore ouverte à cette heure qu'elle avait croisée était à environ trois kilomètres. Galère puissance dix. La patience, disait-on, était la vertu des mendiants, mais, hier soir, Adeline Taupin avait été stoppée net dans sa course au rendez-vous coquin. Elle n'avait eu d'autre choix que la marche, lampe torche de son téléphone portable éclairant le bas-côté de la route. Sueur et mauvaise humeur avaient été son lot de consolation.

Le lendemain, mercredi, à son réveil, elle ressassait toujours sa mésaventure. Avoir privilégié un lieu loin de chez elle avait été une erreur. La peur d'être vue par un professeur du collège où elle exerçait, par exemple Philippe Carrère, et d'être étiquetée « femme libertine » était contraire au charisme qu'elle entretenait avec ses pairs. Tromper le peuple était son arme. Elle excellait dans ce domaine.

Coiffée, maquillée, elle déclencha l'ouverture de la porte de son immeuble aux deux policiers matinaux.

Intérieur contemporain niché dans un vieil édifice en pierres aux encorbellements sculptés supportant des balcons étroits à La Brède.

Royer et Peyrat posèrent leur postérieur sur un confortable canapé trois places cuir gris clair.

La propriétaire s'installa en face d'eux dans son pendant, genoux serrés. Sous la jupe droite et pull à col roulé, tous deux noirs, elle portait une guêpière rouge à laquelle s'accrochaient des bas couleur chair. Le balancement de ses pieds chaussés d'escarpin vernis noirs montrait l'impatience à sortir qu'elle réfrénait avec un sourire aguicheur. La soirée de la veille ayant été gâchée, elle honorerait le rendez-vous galant fixé à dix heures - elle ne travaillait pas le mercredi matin. Sachant qu'il lui faudrait conduire pendant au moins trente minutes avant d'atteindre Bordeaux, elle avait l'intention d'écourter cet interrogatoire malvenu dont elle n'avait pu se soustraire.

— Messieurs, je vous ai déjà narré l'épisode malheureux. Que pourrais-je ajouter ? dit-elle, les observant, telle une prédatrice. *Un cinq à sept avec le barbu à lunettes me conviendrait.*

— La vérité se niche dans les détails, déclara Peyrat. Reprenons depuis le début.

— Du week-end ? s'étonna-t-elle.

— Si cela vous semble utile, sinon focalisez-vous sur la partie de chasse.

— J'étais avec les deux amis de Catherine, Tendaji et Simba. Ils ne comprenaient pas pourquoi nous devions payer pour avoir le droit de chasser. Je me suis fait un devoir de leur fournir des explications. Leur commentaire était inapproprié sachant qu'ils étaient les invités de Catherine. À croire que l'intérêt financier les perturbait. Être obligé de se justifier auprès d'étrangers. Elle souffla. Passons. À la reprise, vers 14 heures, Tendaji s'est éloigné, prétextant aller à la rencontre de Catherine. Nous n'étions pas dans le même secteur, question sécurité, mais il était têtu et nous a quittés. J'ai donc chassé avec Simba, enfin, plutôt lui, étant donné qu'il tirait n'importe comment malgré mes conseils. Il nous a fallu chercher les flèches après chaque tentative ; deux ou trois de perdues à chaque visée, je vous laisse imaginer la chasse. À la fin de la matinée, il avait déjà épuisé son stock de celles prêtées par l'association et une partie des miennes - quand vous avez tiré une fois avec une flèche, mieux vaut s'abstenir une seconde fois ; mais devant tant d'incompétence, mieux valait les récupérer et recommencer avec. Un vantard, ce Simba. Voilà comment, après la collation de midi, Bernard a été démuni des siennes par le guerrier maladroit.

— Monsieur Delalande n'avait plus de flèches ? interrompit Peyrat.

— Tout à fait, puisqu'il les lui avait données. Il est resté avec mon collègue Philippe, le secrétaire. Ils avaient à causer des projets de l'association se rapportant à la période estivale. Michel, le trésorier, et Simon, le bijoutier, étaient ensemble. La suite, vous la connaissez : le retour à la cabane de chasse, la disparition, la recherche et la macabre découverte.

— Quels étaient leurs comportements ?

— Équivoques. Tendaji avait la flagornerie facile, il me draguait ouvertement, cela était gênant vis-à-vis de Catherine. Mettez-vous à ma place. Elle décroisa ses jambes de telle sorte que Peyrat et Royer entraperçurent la dentelle des bas commençant à mi-cuisses. J'ai supposé qu'il attisait sa jalousie afin qu'elle cède à son idée de mariage. Quand il est parti, son copain a pris la relève. Simba m'a courtisée jusqu'au soir. Je conviens que le fait ne me déplaisait pas, dit-elle, dévoilant sa nuque en repoussant sa chevelure avec un mouvement provocateur. Les iris verts qu'encadraient des taches de rousseur pétillèrent.

— Pensez-vous qu'il existait une rivalité entre eux ?

— Au sujet de Catherine ou de moi ?

— De Madame Cohen.

Elle se ferma comme une huître, vexée d'être éconduite.

— Monsieur Mwangi désirait des épousailles ? reprit Peyrat.

— À un point tel qu'il harcelait Catherine depuis plus d'un mois. Il proférait des menaces, car son visa était sur le point d'expirer. Il était aux abois. C'était un manipulateur jouant avec les gens, un séducteur qui reluquait le fric de Catherine au lieu de la femme. Elle aurait dû se méfier. Tous les sites de rencontre ne se valent pas, d'ailleurs… – elle interrompit le dialogue lorsque la pendule du salon sonna 9 heures. Messieurs, il me faut partir, déclara-t-elle se dressant. Avons-nous terminé ? Vous avez mes coordonnées si besoin, je dois assurer mes cours tantôt.

— Si vous devez sortir, nous ne vous retiendrons pas plus longtemps, Madame Taupin. Peyrat se leva aussi, et Royer l'imita. Nous continuerons cette conversation au téléphone, si besoin, puisque ce procédé ne vous dérange pas.

— Ce serait parfait. Messieurs. En dehors des heures consacrées à mes élèves, bien sûr.

— Une évidence, Madame Taupin, répondit Peyrat, l'esprit moqueur.

Elle ouvrit grand la porte d'entrée avec la furieuse envie de les pousser dans l'escalier.

Bernard Delalande les reçut à son domicile. Sa femme était au marché, seul le trésorier Michel Lemée avait répondu présent, les autres étant trop occupés pour se déplacer, estimant qu'ils avaient déjà coopéré avec la police le jour du drame.

Les quatre se tinrent dans la cuisine, chacun devant une tasse de café. Une assiette de biscuits avait été placée au centre de la table ; la convivialité au centre des questions.

Les deux hommes comblèrent les lacunes de Royer et Peyrat, énumérant d'abord la citation de Confucius : « Au tir à l'arc, le principal n'est pas de transpercer la peau. Pour la force, les catégories sont différentes. Telle était la voie des anciens. » Puis Delalande développa la technique.

— L'archer doit maîtriser l'esprit pour atteindre la cible, même dans une situation périlleuse. Se préparer à une situation défavorable est la voie de l'archer. L'énergie vient de l'arc qu'il faut détendre au repos pour conserver sa puissance ; il prolonge la main et la pensée. La flèche est la force unissant l'arc et la cible, elle suit le chemin désiré. La cible est le but à atteindre méritant l'effort fourni. Les gens jugent selon leurs propres capacités. Regarder pour admirer dévouement et courage.

— La maîtrise de soi et celle de l'arc sont indissociables selon vous, Monsieur Delalande ? demanda Royer, souhaitant compléter ses notes et clore le sujet.

— Vous avez parfaitement assimilé la technicité de ce sport. La précision du geste exige la concentration. Il ne faut pas être distrait pas l'environnement. Nous devons pratiquer des années avant d'effleurer la perfection, ce qui n'était pas le cas du pauvre Simba, lieutenant.

— C'est-à-dire ?

— Un homme pressé qui tire avant d'avoir visé. Le résultat a été désastreux. Les pointes sont à changer, les miennes plus celles de l'association, et je ne comptabilise pas les flèches perdues dans la forêt. Pourtant, il nous avait certifié pratiquer la chasse à l'arc dans son pays. Qu'en penses-tu, Michel ?

— Un homme qui sait se servir d'un arc comme moi, je sais servir la messe. À mon avis, il n'a jamais été un archer, ni moi un curé. Ce n'est pas un art facile contrairement à ce que les enfants croient avec leur jouet, conclut-il.

— La maladresse de Simba, aurait-elle pu engendrer la tragédie ?

— Mon Dieu, on ne vise jamais une personne ! s'exclama Delalande, offusqué par l'hypothèse de Royer.

— Pourquoi utilisez-vous des munitions identiques ? questionna Peyrat.

— De cette manière, nous ne sommes jamais à court de projectiles. C'est le hasard qui a été le déclencheur de cette décision. Lors d'une chasse, la nécessité d'emprunter à son voisin s'était avérée justifiée pour tuer la cible chassée ce qui a instauré le principe de précaution, faisant fi des mesures propres à chacun de nous. Mieux vaut une arme mal adaptée que pas d'arme du tout. Les chasseurs, ayant cautionné l'initiative, l'ont appliquée eux aussi. Plus aisé pour eux. La cartouche s'adapte à plusieurs fusils.

— Puisque vous évoquez les tirs au fusil, trois ont recours à des Beretta 687, le couple Boucher et Monsieur Ledoux. Qu'en est-il de leur adresse ?

— Nous chassons souvent ensemble - nous avons des relations communes - et Sylvain est un tireur qui fait mouche à chaque fois qu'il le décide. Son fox-terrier n'a pas son pareil pour lever la bête. Quant à nos amis Boucher, Marie-Claire est plus expérimentée que son mari.

— La vue d'Émile n'est plus ce qu'elle était, excusa Lemée. Il n'est pas si vieux, mais il voit moins bien qu'avant.

— Selon vous, il aurait pu toucher Monsieur Mwangi par mégarde, souligna Peyrat.

— Reprenez un biscuit. Delalande poussa l'assiette vers le lieutenant qui déclina la proposition avec sa main ; échec de la diversion. Il faudrait le leur demander, eux seuls vous renseigneraient sur leurs positions à ce moment-là. *Tourner sept fois sa langue dans sa bouche avant de s'exprimer n'est pas une expression dépourvue de bon sens. Michel a été imprudent. Il a pointé le doigt dans la direction d'Émile.*

— Concernant la relation de Madame Cohen avec Monsieur Mwangi, vous diriez ?

— Et bien, comment dire, seul le bonheur compte, nous n'avons pas à juger, répondit Bernard.

— Et vous, Monsieur Lemée ? *Le président a éludé habilement.*

— Je serai franc avec vous. La différence d'âge me choquait. Ils se fréquentaient depuis peu d'après ce que m'a confié Marie-Claire qui le tient d'Adeline, et lui, il imposait le mariage à Catherine. À 62 ans, se marier avec un homme de 31 ans, je ne suis pas devin, mais nous pensions tous qu'il profitait d'elle. Il se tourna vers Bernard. Tu sais que j'ai raison.

— C'est vrai, souffla-t-il. Nous ne comprenions pas ce qui l'attirait chez cet homme de couleur. *Ses paroles nous porteront préjudice, à force.*

— Le sexe, lança Peyrat.

— Vous allez trop loin dans vos suppositions, lieutenant, s'offusqua Bernard.
— L'argent.
— Chez eux, ils en manquent, alors…
— Une dernière question, Monsieur Delalande, et nous vous laissons. Pourquoi marquez-vous vos encoches avec la même matière argentée ?
— La seule résistante à l'usure. Nos initiales diffèrent, se tromper s'avère impossible. Autre chose ?
— Non, pas pour l'instant.
— À votre disposition, lieutenant. Vous connaissez l'adresse, je suis rarement absent.
— Nous ne manquerons pas de vous contacter. Merci.
À peine eurent-ils pénétré dans la voiture de fonction que la sonnerie du téléphone de Peyrat retentit. Il décrocha pendant que Royer démarrait.
— Changement de programme, la voyante ne peut pas nous recevoir cette après-midi. Une urgence. Elle a suggéré ce soir, j'ai capitulé.
— Cohen et Omondi, à l'improviste, chez elle, ou à l'hôtel, à 14 heures.
— Comment une voyante peut-elle avoir une urgence clientèle ? Peyrat bloquait sur cette urgence.
— Combattre les ténèbres.
— Ou pratiquer le vaudou.
— Ce n'est pas idiot, nous demanderons à Omondi ce qu'il en pense.

Maryse Caboche ne ménagea pas la porte du bureau de ses subordonnés lorsqu'elle pénétra dans leur antre.

Peyrat fusilla du regard, bouche pleine, l'intruse. Il mastiquait un morceau de pizza au fromage de chèvre et au bacon, sa préférée. *On ne bouffera pas tranquille dans cette piaule avec elle.* Il attrapa la canette de Coca-Cola et but goulûment la boisson américaine, les yeux défiant son adversaire.

Stoïque, le geste arrêté dans son élan à découper une part de ladite pizza, Royer posa le couteau dans la boîte en carton et referma le couvercle. *Chaleur conservée si rapidité de l'entrevue.*

— Joignez-vous à nous, Commissaire, railla Peyrat, désignant du menton la boîte. Vous savez ce qu'on dit : quand il y en a pour deux, il y en a pour trois.

— Volontiers, dit-elle s'approchant avec détermination. Je n'ai pas encore avalé quoi que ce soit.

La pique lancée n'atteignit pas son but.

— Royer, détenteur du coutelas, dit Peyrat, sarcastique tout en lui adressant un clin d'œil. *Et merde ! elle s'incruste pendant la pause déjeuner, seul moment de la journée où on peut souffler.*

— Votre avancée dans l'enquête ?

Peyrat, refusant d'accorder son attention à sa chef, mordit dans son frugal repas.

Royer, conscient que d'une avancée il n'y avait point, formula une réponse imparfaite.

— Selon Madame Taupin, Mwangi l'aurait courtisée. C'est une séductrice.

— Omondi aussi, coupa Peyrat, déglutissant. Cette femme est une nymphomane. Elle surfe sur les sites de rencontre, nous a-t-elle avoué par inattention. Un lapsus qui la rend coupable, complice elle aussi. Tous dans le même panier.

— À défaut de Cohen, il se rabat sur une Taupin moins fortunée, analysa Caboche Un merle famélique au lieu d'une grive bien grasse. Une rivalité entre les deux amies est-elle envisageable ?

— Non, trancha Peyrat. Taupin devançait le souhait de Cohen à se débarrasser de lui. Pourquoi le tuer dans ce cas ? C'est absurde.

— Après avoir lu le carnet, il ressort qu'un sentiment haineux vis-à-vis de son compatriote animait Mwangi ces jours-ci, renchérit Royer.

— Il redevient le principal suspect dans cette affaire, déduisit Caboche.

— Le président de l'association interrogé tout à l'heure nous a conté l'habileté à manier un arc, et si nous nous référons aux propos recueillis des chasseurs il y a trois jours, ce serait un miracle si Omondi avait réussi à toucher Mwangi.

— Un coup de bol est toujours envisageable, n'est-ce pas, Peyrat ? Appelez le hasard ou chance. Vous êtes silencieux maintenant. Vous n'adhérez pas à la conjecture de votre coéquipier ?

— Il n'y a rien qui l'atteste, répondit l'interpellé. Son visa n'a pas été prolongé. Il quittera le sol français ce vendredi. Nous avons vérifié auprès de la compagnie aérienne, son billet n'a pas été modifié.

— Il faut de la détermination et du courage pour tuer un homme de sang-froid. Découvrant l'opulence dans laquelle baigne son ami Mwangi, il échafaude un plan à la hauteur de son ambition et prémédite son coup. Le tir au fusil a été une aubaine à saisir et a précipité son acte meurtrier. Il aurait pu s'éloigner, lui aussi, puisque la partie se terminait. Récoltez-moi des preuves qui le confirmeraient. Ces dernières ouvriraient de nouvelles perspectives. J + 3 et l'affaire s'enlise.

Peyrat, contrarié par l'oubli, dégaina son téléphone portable et composa le numéro d'Adeline Taupin, opina du chef, raccrocha, et fournit le renseignement.

— Il a déféqué pendant au moins dix minutes. Taupin l'a attendu. C'était après avoir entendu le coup de feu. Ce n'était pas prudent, lui a-t-elle conseillé, mais il a contesté sa recommandation. Dixit Omondi : j'ai la merde au cul.

— C'est long, à moins d'être constipé. Il a le mobile et l'opportunité. L'alibi s'effondre avec son absence auprès de sa partenaire. Allez me le chercher, exigea Caboche, se levant. Dans nos locaux, il sera disert comme une pie ; il jacassera.

— C'était prévu, rétorqua Peyrat.

— Qu'est-ce que vous attendez ? Que l'oiseau s'envole du nid.

Peyrat désigna la boîte.

— Lui aussi, il mange.

Caboche se pencha, attrapa le couteau, coupa une part, posa l'instrument tranchant et quitta triomphante la pièce, portant la pizza à sa bouche.

— Gonflée, râla Peyrat. Elle nous mange la laine sur le dos.

— C'est la boss, soupira Royer.

Deux pour le prix d'un.

Catherine Cohen, défenderesse de Simba Omondi, persuadée qu'il ne saurait défendre ses droits dans un commissariat, avait imposé sa présence. Dans la salle d'interrogatoire, un débarras aux murs nus excepté le miroir sans tain avait été aménagé avec quatre chaises et une table. Il était éclairé par un néon au plafond.

La femme défiait les deux policiers. La raideur de son corps et son faciès hautain s'harmonisaient au tailleur strict veste et pantalon, coupés dans un tissu écossais. Les deux lieutenants avaient remarqué dès leur arrivée à l'appartement le changement de tenue quotidien. Maquillage discret de surcroît, Madame désirait plaire, amadouer son entourage afin d'obtenir sa compassion.

« Gourgandine » avait murmuré le cadet. « Cougar » avait contré l'aîné. « Just a cougar. »

La pièce bruissait des mouvements de Omondi sur sa chaise ; son attitude défensive trahissait un malaise croissant et le jean neuf de même que la veste en velours côtelé marine et les chaussures de marque confortaient l'évaluation de Peyrat : un profiteur qui s'enracinait dans la tanière. Le guider tout en douceur vers l'aveu ne serait pas aisé. La tâche incombant au gentil flic, Royer ouvrit le bal.

— Monsieur Omondi, pourquoi avoir omis de nous signaler votre absence pendant la partie de chasse ?

La surprise de Cohen n'échappa pas au fin limier Peyrat.

— Quelle absence ? J'ai suivi jusqu'au bout. Vous n'avez qu'à leur demander, aux autres, je suis rentré avec eux à la cabane.

— Celle que nous a rapportée Madame Taupin.

— Quand j'ai chié ?

— Exactement.

— Pole la police. Elle me collait au cul. Jamais seul, toujours à me surveiller comme un gosse sous prétexte que je vise mal alors qu'elle, je suis sûr qu'elle fait mouche sur un impala à trente mètres. Elle me croyait pas quand je lui disais que j'ai pas l'habitude des arcs d'ici ; chez moi, ils sont pas aussi sophistiqués. On n'a pas besoin de s'entraîner pendant des heures sur des cibles au village, nous, la chasse, on l'a dans le sang, transmise par les ancêtres. J'ai appris avec le père, qui, lui, le tenait de son père qui avait appris avec son père ; des générations à chasser, quoi. La poursuite du gibier, lente, méthodique, sans faire de bruit dans la forêt, surtout à la braconne pour pas attirer le Tenda sur moi, je vous ai déjà dit ça, mais la Taupin, vous l'auriez vue, hou là, une tueuse, une vraie de vraie, cette toubab, avec du plaisir plein la tête. Et elle arrêtait pas de me tripoter ; elle me déconcentrait ; soi-disant que c'était pour me montrer. Et vas-y que je me plaque contre mon dos, qu'elle me caresse le bras et se frotte à mon cul. J'avais besoin de couler un bronze alors je lui ai dit que je m'éloignais. Je voyais bien qu'elle m'aurait sauté dessus dès que j'aurais abaissé mon froc. Excusez, dame Catherine, mais votre amie, elle est cinglée, même le Tenda était de mon avis. Elle s'est frottée à lui d'abord, c'est pour ça qu'il est parti vous rejoindre. Et quand il a foutu le camp, elle s'en est prise à moi. Voilà, quoi.

— Malgré les deux coups de fusil entendus.

— Ben, oui, quoi, j'avais envie, ça pressait.

Omondi était arrimé à ses convictions comme un poulpe à son rocher, luttant contre les vagues d'assaut du lieutenant, et Cohen appuya ses propos.

— Lieutenant Royer, loin de moi l'idée de médire de mon amie, mais Adeline est connue pour ses frasques dans notre petite communauté. Simba vous relate ce que nous savons tous, à savoir des fréquentations multiples sans lendemain. C'est peu honorable de sa part, mais elle ne peut pas s'empêcher de draguer. Ça la démange, ça la gratte là où je pense. Elle ne cesse d'être à la recherche du grand frisson.

Quelle était l'entremise de Cohen ? s'interrogea Peyrat. Comment y porter intérêt ?

— Et vous-même ? questionna Royer, récupérant l'excuse envoyée avant son rebond.

— Mes fréquentations ?

— Masculines sur les sites de rencontre, précisa-t-il.

— Oh, eux. Que je me rappelle. J'ai rencontré un psychiatre. Notre conversation avait l'art et la manière d'une consultation sur un divan. Il analysa mon comportement lors de notre première rencontre comme si j'étais un sujet d'étude. Très désagréable. Je n'ai pas réitéré. Ensuite, j'ai eu un rendez-vous avec un vigneron de la région dont je tairais le patronyme par respect pour la réputation de son vignoble, un château connu dans le milieu pour ses grands crus. Il souhaitait plus avoir une servante à la maison qu'une femme ; l'argent ne procure pas ce pouvoir. Je me suis abstenue de poursuivre. Ensuite, j'ai fréquenté un manipulateur pendant quelques semaines avant de le percer à jour. Fort déplaisant. Il pensait mariage avant le sexe ; non merci, j'ai passé mon tour. Puis un vieux con célibataire au retournement de fortune à cause de mauvais placements boursiers, rencontré à un après-midi thé dansant. Au bout du sixième rendez-vous, j'ai arrêté de le voir. Marre de payer les restos, le dancing et toutes les sorties qu'il suggérait. J'ai aussi fait la connaissance d'un agent immobilier pendant la période où je correspondais avec Tendaji. C'était un excellent amant, la cinquantaine, mais après le coït, persuadé que je faiblirais, il me relançait pour l'achat des biens dont il avait l'exclusivité dans son agence. J'avais l'impression qu'il vendait autant ses prouesses au lit que le lit dans les chambres des appartements qu'il me décrivait.

— Quel goujat ! s'exclama Omondi.

Catherine Cohen approuva par un sourire si enjôleur qu'il retint l'attention de Peyrat.

— Leurs noms, Madame Cohen, exigea ce dernier.

— Lieutenant, je ne les ai pas retenus, ils étaient insignifiants à mes yeux.

Omondi bomba le torse.

— Seul comptait Tendaji, affirma Cohen.

L'Africain s'empourpra aussitôt. Il s'agita sur la chaise, irrité par l'allusion au regretté compatriote formulée par sa voisine. La piqûre était douloureuse, aiguille enfoncée dans l'ego.

— Le bon Dieu ne regarde pas la couleur de la peau. J'ai supprimé mon compte depuis. Il m'était désormais d'aucune utilité.

— Le nom du site, réclama Royer. *Contacter les webmasters pour confirmation. Gêne palpable.*

Catherine Cohen consentit à le lui communiquer avec une réticence qu'elle eut du mal à voiler.

Peyrat remplaça Royer.

— Monsieur Omondi, vous évoquiez le vaudou, mardi. Développez-nous cette pratique.

L'intéressé hésita. La présence de Cohen l'incommodait. Il consulta sa montre.

— Belle toquante, Monsieur Omondi, remarqua-t-il.

— Un cadeau venant de moi, précisa Cohen. Pour ne plus arriver en retard le matin, justifia-t-elle.

— Évidemment. Le vaudou ? réclama-t-il d'un ton sec.

— Pole la police, chez moi, le sorcier pratique le vaudou, il soigne, il aide, il prédit l'avenir, comme chez vous la médecine et la voyance. J'y suis allé avec le Tenda chez la voyante

— Comment ! coupa Cohen scandalisée. Sans que je sois prévenue ! *Et si elle a parlé, ce sera préjudiciable. On ne dévoile pas ce qu'on entend. Secret de confession. Merde !* Sa véhémence apeura son voisin.

— Samahani, dame Catherine, c'était pour savoir, comparer et raconter au pays. Y a pas de mal à ça. Chez vous, c'est pas pareil, vous avez pas d'amulettes pour vous protéger des esprits malveillants, de la magie noire. Moi, la mienne, je ne l'enlève pas. *Un moment de vie vaut d'être vécu, même à la vitesse de l'éclair, alors autant conjurer le mauvais sort.*

Il déboutonna aussitôt sa veste, remonta son pull-over et exhiba une cordelette autour de son ventre. Le tressage de plusieurs liens, dont les extrémités se terminaient par des perles en bois, comprenait des nœuds à égale distance entre eux. La teinte avait pâli sous l'action de la sueur et de l'usage de la savonnette.

— Le sorcier m'a affirmé qu'elle empêcherait le vaudou de m'attaquer, reprit-il. Le Tenda, il voulait pas effrayer dame Catherine ; il a laissé ses amulettes au pays, précisa-t-il, évitant de croiser le regard courroucé de Cohen.

— Il ressort de cet entretien que Simba Omondi n'a rien à se reprocher, s'impatienta Cohen dont l'énervement était encore perceptible. Nous devons finaliser l'enterrement à l'entreprise de pompes funèbres à 16 heures. Avec les embouteillages du mercredi, nous serons bientôt en retard. Elle consulta l'écran de son mobile sorti de son sac à main les doigts tremblotants. Interrogez Bernard, il vous confirmera l'innocence de Simba, conclut-elle à fleur de peau.

— Communiquez-nous votre emploi du temps, Madame Cohen, au moins pour les prochaines quarante-huit heures, pria Peyrat qui n'avait pas l'ombre d'une preuve justifiant une garde à vue, encore moins une inculpation.

— Pompes funèbres, et les salons ce soir si nous avons le temps avant la fermeture, répondit-elle sur un timbre cassant. Maison de retraite jeudi ou le lendemain. Enterrement vendredi matin et aéroport l'après-midi. Cela vous convient-il, trancha-t-elle.

— Pour l'instant. *Un flop, cet interrogatoire.*

Elle se leva, Simba dans son sillage.

À regret, Peyrat, visage fermé, les regarda à travers la fenêtre quitter le commissariat.

— Nous devons nous rendre chez Torres maintenant, dit Royer, tapotant l'épaule de son collègue.

— Leur chance tournera un jour.

Le don reçu serait-il un leurre depuis des décennies ? Tout ce qu'on m'a enseigné a perdu son aura. Je révèle aujourd'hui un bonheur futur sans y croire vraiment, battement de cœur éphémère qui s'arrêtera avec le souffle de la déception. Je referme le jeu sur des destins improbables. La consultation vaut celle du curé, elle rassure, elle calme l'angoisse du lendemain empli d'obscurité. La main se tait, et les lignes ne me montrent plus l'avenir ; enfouies sous le malheur à combattre, elles sonnent telles un piano désaccordé lorsque je pose des mots sur le mystère, la mélodie est faussée dès sa lecture. Que restera-t-il à ces âmes désemparées ? la simplicité d'une interprétation des astres positionnés dans un ciel voilé par l'illusion. Les arts divinatoires puent la défaite et je sombre avec elle. Je me noie dans un océan de doutes. Mais, chaque matin, je me lève, et je vends de l'espoir.

  Gabriella Torres rangea le jeu de cartes dans sa boîte avant d'accueillir les prochains visiteurs. Elle ouvrit la porte du studio sur Royer et Peyrat, et referma derrière eux. Ils entrèrent dans un univers parallèle dont ils ignoraient la valeur.

  Des tentures grenat pendaient jusqu'au sol dissimulant la laideur des murs aux taches de moisissures lessivées. La lumière tamisée floutait les contours de la pièce. Un candélabre à cinq branches posé sur un guéridon assurait la visibilité de la table ronde sur laquelle avaient été installés divers objets nécessaires à la voyante dans sa pratique des sciences occultes ; une nappe bordeaux la recouvrait.

— Messieurs, prenez place, annonça Gabriella Torres à la tenue typiquement tzigane malgré la blancheur de son teint exempt de maquillage : châle sur les épaules, jupe longue, gilet noir boutonné, foulard couvrant sa chevelure, créoles dorées aux oreilles et bracelets aux poignets.

Ils s'assirent face à elle, l'invitation tournée vers la divination au lieu de l'exactitude. Un jeu de rôle avec des simulacres à la clé, pensa Peyrat.

— Que désirez-vous connaître ?

— Tout ce que vous savez sur les personnes Mwangi, Omondi et Cohen.

— Madame Cohen est une de mes clientes depuis de nombreux mois. Elle m'a consulté après la disparition de son mari, mais je n'exerce pas la nécromancie. Nous avons opté pour le traditionnel tirage des tarots et la numérologie après avoir étudié au préalable son style de mains. Les siennes ont la paume longue. Elles sont gracieuses et de formes coniques avec des doigts pointus et effilés qui suggèrent une femme aimant suivre ses propres instincts avec un gage de réussite. Les tarots, quant à eux, prédisaient moult rencontres suivies de déceptions. Je l'avais mise en garde contre ses émotions promptes à concrétiser un amour où la sincérité est absente chez le partenaire jusqu'à ce que le tirage simple à trois cartes prophétise une rencontre. Elle avait retourné la carte des Amoureux, du Soleil et de l'Hiérophante. Je m'en souviens comme si c'était hier. Cette nouvelle relation allait lui apporter un grand épanouissement. Ce sont des arcanes majeurs, ce qui signifie que des forces supérieures étaient à l'œuvre favorisant le changement. Le tirage de la croix celtique a complété le premier. Un voyage au-delà des mers vers les pays chauds. D'ailleurs, lorsqu'elle m'a serré la main en me quittant, j'ai ressenti une intense chaleur qui m'a confirmé ce que j'avais lu dans les cartes. Elle craignait d'être à nouveau déçue. Je l'ai rassurée et encouragée dans sa correspondance avec son amoureux Tendaji. Lorsqu'elle m'a enfin communiqué sa date de naissance, j'ai pu étudier les nombres. Madame Cohen née le 10 mars 1955, Monsieur Mwangi né le 4 mai 1995. Tous deux, planète Vénus, chiffre 6, symbole de l'amour et du mariage, une entente fructueuse dans le couple. Tous les signes étaient réunis.

— Madame Cohen, se plaignait-elle de cet amour devenu trop envahissant ? *Crache le morceau et qu'on en termine. L'heure tourne. Ras le bol de finir tard et demain direction Paris. Nous aussi, dans la police, on voyage.*

— Elle me consultait chaque semaine et ces derniers temps, j'avais observé un changement dans son comportement. Elle était perturbée. Ses mains tremblaient lorsqu'elle touchait les cartes. Monsieur Mwangi avait des sautes d'humeur, selon elle. De taciturne, il devenait soudainement volubile quant à son devenir, souhaitant clarifier leur situation par un mariage avant l'expiration de son visa touristique. Sa crainte s'intensifiait au fur et à mesure que les jours défilaient sur le calendrier. Il insistait des heures durant puis, brusquement, était muet comme une carpe, ce qu'a corroboré son ami lorsqu'il a sollicité une entrevue la semaine dernière.

— Développez, Madame Torres, pour les notes du lieutenant, dit-il, se tournant vers Royer.

— Monsieur Omondi désirait comparer la voyance et la sorcellerie pratiquée chez lui. Deux mondes à l'opposé, rien de semblable dans nos usages. Il affirmait que son ami était envoûté par un esprit maléfique. Une force nuisible l'attaquait. Une vibration hostile attaquait son corps. Les deux contrecarraient son objectif ce qui le rendait furieux. Souhaitant lui apporter son aide, Monsieur Omondi sollicitait la mienne. J'étais contre, bien sûr, pas de magie noire chez moi. Il est parti avec une unique obsession :

mettre en œuvre tout ce qui était en son pouvoir. Une phrase absconse. Je ne l'ai pas revu depuis ce jour-là.

— Quand était-ce ?

— Le lundi de la semaine dernière.

— Très remonté, diriez-vous ?

Gabriella Torres baissa les yeux et déplissa la nappe avec son avant-bras gauche.

— Un signe. Une œillade. Un sourire. Instant magique suspendu aux paroles envoûtantes. Électricité sensorielle d'un amour naissant.

— Vous ne répondez pas à la question, Madame Torres, s'impatienta Peyrat.

— Non, mais je réponds à vos désirs profonds. L'amour est au seuil de votre cœur, lieutenant, laissez-le entrer.

— La réponse ? *De quoi je me mêle, l'extralucide. Occupe-toi de tes urgences.*

— Je répondrai oui, mais sa contrariété n'avait aucun sens. Il n'était pas concerné. La mort de son ami, je l'ai apprise par Madame Taupin.

— Elle vous consulte aussi ?

La stupéfaction changea le visage de Peyrat.

— Parfois. Toujours la quête d'un amour sans faille qui perdurerait.

— Quand est-elle venue ?

— Ce lundi. Elle voulait entrer en contact avec Monsieur Mwangi et savoir qui était son meurtrier.

— Et ? *Je suis tout ouïe, la devineresse. Vaticine donc.*

— Je ne discute pas avec les morts. À travers eux, le mal s'insinue et voyage jusqu'à nous. Je refuse d'y adhérer, nocif pour la clientèle. Mes pouvoirs seraient perturbés par un environnement pollué par les ondes négatives émanant de ces âmes perdues. Méfiez-vous des cadavres, Messieurs.

Tenez-vous loin de ces corps auxquels un être malfaisant a ôté la vie.

Trois coups à la porte firent sursauter Peyrat.

— Ma séance de 18 heures. Je vous raccompagne.

Peyrat n'était pas mécontent de quitter cette atmosphère oppressante. Dehors, il inspira profondément l'air non moins pollué de la ville.

— S'éloigner des cadavres. Tu devrais présenter cette idée à la légiste, l'amoureux transi suspendu aux paroles envoûtantes.

Royer reçut un coup de coude dans les côtes.

9 heures. Jeudi. Réunion au QG Caboche.

Peyrat détestait les contraintes et le train était l'une d'entre elles. Force était de reconnaître que le trajet avec la voiture aurait duré 6 heures, sans compter les bouchons à la sortie de l'autoroute A10 et le ralentissement sur le périphérique avec sa vitesse limitée encore réduite ces temps-ci pour cause de travaux, alors qu'avec la SNCF, 120 minutes après leur départ, ils fouleraient les quais de la gare Montparnasse, un trajet direct, sans escale avec un coût identique.

Royer notait sous la dictée les recommandations de la boss qui correspondaient parfaitement à leur numérotation points 3, 4, 5, 8, 9, 10, avec un bonus, le numéro 11.

Pendant leur escapade dans la capitale, cette dernière remuerait ciel et terre au Service Central de l'Informatique pour obtenir les noms des prétendants de Cohen sur le site de rencontre. Un nom sortirait peut-être du lot. Une inconnue était toujours possible, enrayant le mécanisme d'une enquête huilée par la logique. Les deux lieutenants prendraient connaissance de ladite liste au plus tard après l'enterrement ; Peyrat avait insisté lourdement, remportant le duel avec la boss. Ils tenaient à vérifier l'adage : un meurtrier revient souvent sur le lieu de son crime, alors demain serait une immersion dans une procession funèbre. Démasquer l'inconnue. Démasquer le bonus.

Caboche était à cran. Ce meurtre avait été commis sur la commune de Hourtin et non à Bordeaux, il monopolisait les deux lieutenants alors que des affaires en cours réclamaient leurs lumières et s'entassaient sur son bureau faute d'agents disponibles. La tranquillité accordée avait assez duré, elle ne validait plus. Du concret à votre retour ! clama-t-elle, sans omettre de leur rappeler le déroulement d'une enquête pas à pas amenant à une interpellation.

Les colonnes Simba Omondi, Catherine Cohen, Adeline Taupin, Bernard Delalande, couple Boucher, identité des pseudos, toutes débordantes de soupçons avec le but de transformer ceux-ci en accusation - un soupçon n'était jamais considéré comme étant une preuve recevable devant un tribunal pénal - départageraient enfin le gagnant number one qui focaliserait l'équipe sur lui et apaiserait les nerfs de la commissaire.

À 13 heures, Peyrat et Royer grignotèrent un en-cas avant de composter leurs billets.

À 13 heures 46, le wagon s'ébranla.

À 16 heures, ils furent étourdis par l'agitation régnant dans le hall de la gare. Métro - boulot - dodo. Pour eux, ce serait métro - boulot - métro, point à la ligne.

À 17 heures 15, après avoir subi l'inévitable proximité des corps accrochés à une barre dans le transport plébiscité par les Parisiens, odeur et moiteur en prime, ils purent souffler dans le salon de Sylvie Mandon lequel était encombré de livres appartenant à la collection Harlequin. Cela n'échappa pas à Royer : une pointure dans son métier qui vivait par procuration la situation romantique des personnages, un refuge fictif assouvissant l'insatisfaction sentimentale du quotidien.

L'aménagement de l'appartement situé dans le onzième arrondissement était à l'image de sa propriétaire : peu lumineux malgré le réverbère de la rue à hauteur de fenêtre, un mobilier vieillot chiné aux puces de Saint-Ouen qui puait le faux vintage, seul l'ensemble, composé d'un canapé et deux fauteuils crapaud recouverts d'un velours vert bouteille, apportait avec la plante verte sur la table basse la chaleur qui manquait à cet environnement tristounet.

L'hôtesse remonta les manches de son tricot gris et croisa ses jambes moulées dans un jean noir. Bras croisés sur la poitrine, elle adopta la posture propre à sa fonction d'inspectrice des impôts. Elle répondit du tac au tac avec une telle facilité aux premières questions posées par Peyrat qu'il eut la sensation que le délai accordé concernant cette visite avait favorisé la précision de ses répliques. Elle avait préparé le terrain.

— La passion déploie ses tentacules telle une pieuvre étouffante, amorça-t-elle, haussant la voix pour couvrir le bruit de la circulation en dépit des fenêtres à double vitrage. Elle consomme l'âme, aiguise les sens et perturbe la raison. Elle est l'incendie ravageur, l'être n'est plus que cendres éparpillées, de la poussière dans un ciel tumultueux. Elle est le cauchemar des nuits et des rêves avortés. Elle est la chimère de notre vie, une illusion sans cesse renouvelée parce que l'être humain croit encore en elle et espère son retour d'entre les morts. Catherine agit sous son emprise avec une double personnalité : cul béni pour expier le passé familial, veuve joyeuse pour le reste, et ce ne sont pas les conseils d'Adeline qui modifieront son comportement, car elle aussi fricote avec des hommes, jeunes ou vieux, peu lui importe. Je ne lui ai jamais connu de relation stable. En conclusion, Catherine se comporte telle une adolescente, dépense sans compter et s'amourache dès qu'un homme la flatte.

— Y compris un homme de couleur, appuya Peyrat.

— Si vous voulez dire un jeune black coureur de dot pour sortir de sa condition, je suis d'accord, dit-elle avec une mimique d'approbation. Du tourisme sexuel auquel elle adhère. C'est répugnant.

— Une manière d'oublier le passé des aïeux.
— Possible.
— Une relation approuvée par sa voyante.
— Madame Torres ?
— C'est son nom.
— Oh, celle-là, je lui ai dit ce que je pensais d'elle et je n'ai pas mâché mes mots. Depuis la nuit des temps, l'homme appréhende la colère des cieux, la montée des eaux à l'automne, la vengeance de l'astre solaire, l'absence de pluie durant l'été, les vents tempétueux, les flocons de neige pendant l'hiver, le bourgeonnement précoce et le gel au printemps. Il tremble devant la force de cette nature indomptable ; elle le contrarie, alors il consulte les devins, les devineresses, les pythies, les mages, les enchanteurs et enchanteresses, tous ces gens qui prédisent des oracles, qui lisent dans les runes, les entrailles, le sang, les osselets, et d'autres étranges cérémonies afin de conjurer le sort ou d'obtenir la bienveillance des dieux. De nos jours, il y a pléthore d'arts divinatoires : la cartomancie, la numérologie, l'astrologie, la chiromancie, le marc de café, le pendule, la boule de cristal, etc., etc. Pas de plaque cuivrée ayant pignon sur rue. Le nom des visionnaires, s'offusquant du charlatanisme concurrentiel puisqu'eux seuls détiennent le pouvoir suprême, se murmure de bouche-à-oreille. On ne communique l'adresse, secret jalousement gardé, qu'au condisciple. On s'y rend, l'espoir tapi au fond du cœur. On ne repart jamais déçu. Les phrases prononcées aux multiples significations rassurent le consultant ; il reviendra bientôt. La malignité de cette femme s'accorde bien à la crédulité des personnes comme Catherine, malheureusement.

— Bernard Delalande, Simba Omondi, Marie-Claire et Émile Boucher, ces noms vous évoquent-ils quelque chose ?

— Delalande, oui, les autres, non. Qui sont-ils ?

— Ils étaient présents à la partie de chasse du week-end dernier lorsque s'est produit le drame.

— Vous les suspectez ?

— Tous ceux qui s'y trouvaient sont suspects. Ceux-là ont attiré notre attention. Delalande, président du club d'archer, mais je ne vous l'apprends pas. Omondi, l'ami de Tendaji Mwangi demeurant chez votre amie Catherine. Le couple Boucher tenant une officine malgré leur âge, 68 ans.

— Catherine recevait deux hommes chez elle ! s'indigna-t-elle, n'ayant retenu que cette information. Il est loin le temps de la chorale et des messes du dimanche avec son époux à l'église de notre quartier avant que je déménage. Le curé de notre diocèse doit être scandalisé. Que de prières non exaucées au décès de son mari ! Quelle honte !

— Monsieur Omondi a une chambre à l'hôtel si cela vous tranquillise, précisa Royer.

— Venu pour être avec son ami Tendaji, ajouta Peyrat, enfonçant le clou.

— Je conjecture qu'il est aussi jeune que lui.

— Même tranche d'âge.

— Écœurant. Voilà le résultat de notre éloignement. Ce n'est pas Adeline qui la remettra dans le droit chemin. Catherine est une âme perdue. Dévote, elle baissa la tête et se signa. Quel malheur ; son pauvre mari doit se retourner dans sa tombe. L'enfer a ouvert sa gueule béante sous ses pieds et personne ne la retient pour ne pas tomber ; elle glisse vers l'abîme. J'ai besoin d'un remontant. Café ?

— Volontiers, approuvèrent-ils d'une seule voix.

Ils entendirent le bruit caractéristique d'une cafetière Nespresso. L'hôtesse s'activait dans sa cuisine.

— Sylvie Mandon ne ressemble pas du tout à son amie d'enfance, Catherine Cohen, physiquement et moralement, confia Royer tout bas. Leur parcours de vie les a séparées.

L'une s'est expatriée pour raison professionnelle, vit seule, minée par un état dépressif qui tarde à guérir ; l'autre, née avec une cuillère en argent dans la bouche, a épousé un notable ayant collaboré à l'expansion de ses affaires, récolte années après années la fructification des placements familiaux et les bénéfices engrangés par ses salons, se dévergonde depuis son veuvage et affiche une mine réjouie. Sylvie Mandon, une fleur fanée, Catherine Cohen, une femme épanouie.

Cinq minutes après, un plateau, avec trois tasses fumantes et une bouteille de rhum ambré, fut posé sur la table basse.

— What else ? lança Mandon, trait d'humour à la George Clooney.

— Nous aurons certainement quelques questions à vous soumettre dans les 48 heures, répondit Peyrat, pestant intérieurement ; il n'avait pas encore réceptionné sur son téléphone portable la liste de noms promise par Caboche.

— Aux alentours de midi, sur mon mobile, quand je déjeune seule. Notez le numéro. Elle dicta les chiffres tout en se versant une rasade d'alcool dans son café. Elle s'apprêtait à visser le bouchon, mais se ravisa. Une larme ? proposa-t-elle.

Peyrat et Royer se consultèrent du regard. Ils ne conduisaient pas. Ils acceptèrent.

Quatre-vingts minutes plus tard, deux policiers rentraient au bercail.

La dynamique jeune femme aux formes généreuses sous une blouse bleu ciel, Lydie Désiré, poussa le fauteuil roulant vers les ascenseurs.

« On est contente de sortir aujourd'hui, Madame Cassagne, dit-elle dans la cabine, se penchant vers l'octogénaire qui tourna la tête vers elle, le regard éteint, visage hébété. C'est une belle journée, la veille du week-end. Profitez. *Ce n'est pas tous les jours fête, mamie. Je suis sûre que ta fille te ramènera chez nous avant midi.*

La porte s'ouvrit sur le hall d'entrée de la maison de retraite flambant neuve. Des effluves de peinture et de détergents planaient toujours dans l'atmosphère avant que des odeurs d'urine ne les remplaçassent.

Devant l'accueil, Catherine Cohen, à nouveau vêtue de noir, maquillée seulement d'un trait d'eye-liner aux yeux, lèvres teintées couleur chair, conversait avec le directeur. Il lui récapitulait les consignes de sécurité que cette dernière devait appliquer afin d'éviter la désorientation de la résidente. Promener une personne atteinte de la maladie d'Alzheimer n'était pas anodin, cela réclamait d'être vigilant à chaque instant.

L'aide-soignante dirigea le fauteuil vers le couple.

— Mère, vous voici.

Chez les Cassagne, chaque membre de la famille vouvoyait son parent proche. Statut social oblige ; une lignée bordelaise de trois générations fortunées forçait le respect.

Pour l'occasion de cette sortie imprévue formulée le matin même, la vieille dame portait un chemisier blanc volanté en popeline de coton, une jupe droite noire en drap de laine, des collants épais gris foncé, un manteau en tweed gris chiné, et des chaussures orthopédiques qui juraient avec les vêtements du couturier Moschino.

— Avez-vous besoin d'aide ? demanda poliment Désiré.

— Cela ira, un ami nous attend dans la voiture.

— Très bien. Elle pivota le fauteuil de la mère, le coinça contre les cuisses de la fille, et l'abandonna à son sort. Fuyant cette femme qu'elle n'aimait pas, elle opta pour les escaliers avant que cette dernière ne changeât d'avis.

Catherine Cohen emprunta le trottoir jusqu'au parking. Simba, la voyant manœuvrer avec difficulté, s'empressa d'aller à sa rencontre.

— Oh, mon petit africain, que je suis heureuse de te voir. Une étincelle brillait dans l'œil de l'ancêtre. Réminiscence de sa jeunesse.

— Ce n'est pas Tendaji, mère. Je vous ai dit qu'il était mort et nous allons à son enterrement. Vous l'appréciiez, aussi, je vous amène à l'église afin que vous puissiez prier avec nous et l'accompagner vers sa dernière demeure.

Marie-Louise Cassagne jugea sa fille folle.

Lorsque Simba souleva la vieille dame, glissant ses bras sous ses aisselles, elle lui sourit de tout son dentier. Il l'installa à l'avant de la voiture et lui étendit les jambes. Puis il plia le fauteuil et le rangea dans le coffre.

Direction la cérémonie religieuse.

Le cercueil était déjà dans la nef lorsque le trio pénétra dans l'église non chauffée, cierge Pascal allumé. Étaient aussi présents Adeline Taupin, Madeleine Delalande, le couple Boucher, Michel Lemée, et les deux lieutenants Peyrat et Royer, fidèles au poste. Le couinement des roues s'ajouta à la musique d'ambiance diffusée par le lecteur CD fourni par l'entreprise des pompes funèbres. Dissimulée derrière le pilier d'une des chapelles, une paire d'yeux observait la scène.

Au son des tam-tams et des udus, le curé expédia la bénédiction avec balancement d'encens et pluie d'eau bénite de peur que ces ouailles ne se missent à danser autour de la boîte. Il éteignit avec rapidité la flamme du cierge entre le pouce et l'index, et fila à la sacristie.

Enlèvement du cercueil à 9 heures sans avoir pu admirer les vitraux du beau seizième et les peintures de la Renaissance.

Direction le crématorium.

Le convoi chemina sans encombre, les automobilistes s'écartant sur son passage par crainte d'être les suivants. Superstition persistant de nos jours.

À 9 heures 30, le feu réduisait la dépouille et sa caisse en sapin à un tas de cendres. Catherine Cohen devait aller chercher l'urne avant 12 heures, heure de la fermeture. Cent vingt minutes à tuer, elle décida de ramener sa mère avec Simba et de libérer ses amis.

Le ciel gris était de circonstance. Royer et Peyrat se retirèrent, tous deux remontant le col de leur blouson. Il pleuvrait sous peu.

Mission terminée.

Pendant que Peyrat et Royer assistaient aux funérailles de Mwangi, Caboche s'activait. Elle lisait sur une feuille les patronymes des pseudos ayant eu des échanges avec Catherine Cohen qu'elle venait de recevoir par fax. Il lui fallait maintenant vérifier si les coordonnées fournies étaient toujours d'actualité.

Elle focalisa sa recherche sur les rendez-vous confirmés. *Peyrat et Royer se chargeront des autres.* Elle décrocha le combiné et appuya sur les touches.

Fichier central des cartes d'identité.

Fichier des permis de conduire.

La comparaison s'avéra utile puisque l'une des personnes, l'agent immobilier, était décédée il y avait huit mois dans des circonstances étranges. Le conducteur avait effectué une sortie de route dans un virage sans être sous l'emprise de stupéfiant, aucune trace de freinage sur l'asphalte, et une alcoolémie proche du zéro. La gendarmerie avait conclu à un banal accident de la circulation.

Il faut que je me débrouille avec les moyens du bord. Pas question de déranger Simon à la DGSI. À Paris, je n'aurais pas hésité une seconde, mais dans cette affaire-là, il me rirait au nez. Autant qu'il garde une bonne image de moi et ne pas se ridiculiser, il se pourrait que j'aie besoin de son soutien un jour.

Un coup d'œil sur les pages jaunes lui confirma l'attribution des numéros de téléphone fixe ou mobile des cinq individus rencontrés.

Les doigts sur la souris prêts à cliquer sur la déconnexion, elle entendit la voiture des deux lieutenants se garer sous la fenêtre de son bureau. Elle attrapa la liste et fonça en direction du distributeur de boissons chaudes. *Ils sont tellement prévisibles.*

— Peyrat, Royer, bonjour. Tenez, dit-elle, plaquant la feuille sur le ventre de Royer. Commencez par ceux que j'ai soulignés.

— Bonjour, Commissaire. Mieux vaut tard que jamais, répliqua Peyrat, haussant la voix afin de couvrir l'orage.

— Tout vient à point à qui sait attendre.

— Hier eut été mieux.

— Briefing dans une heure dans mon bureau.

Elle tourna les talons.

Quarante minutes suffirent.

— Coopération des cinq individus. Chacun a un alibi solide. Le psychiatre était à son cabinet toute la journée de samedi, il a consulté non-stop, la secrétaire a certifié sa présence, et il a passé le dimanche à la clinique, une urgence psychiatrique qui l'a bloqué là-bas tout l'après-midi. Le manipulateur est marié depuis sa rencontre avec Cohen ; sa femme, enceinte de trois mois, vomissait tripes et boyaux dimanche, il a appelé le 15.

— Ils ont des noms, Peyrat.

— Le vigneron était chez lui avec son apprenti qui est aussi le fils de son voisin agriculteur, continua-t-il sur le même ton, ignorant la remontrance. Ils préparaient ensemble les chaufferettes avant le gel du mois de mars. Le vieux con a déménagé au Portugal. C'est son frère qui a répondu. Il a récupéré l'appartement et conservé la ligne fixe. Quant au gigolo de première, il était à Megève avec une femme durant le week-end. Elle a attesté qu'il était présent à ses côtés durant ces deux jours et à son timbre, ce n'est pas une jeunette ; elle gloussait au téléphone, l'homme harponne les vieilles à pognon.

— Donc, rien. Le cimetière ? s'enquit Caboche

— L'église, corrigea Peyrat.

— C'est cela. L'église ?

— Omondi, Delalande épouse, les Boucher homme et femme, le trésorier Lemée, la copine Taupin et Cohen, bien sûr. Huit avec le curé.

— Neuf, corrigea Royer. Tu as oublié la mère.

— De qui ?

— De Cohen. Un vieux débris. Complètement à l'ouest avec un Omondi aux petits soins pour elle.

— L'étranger plus attentionné que sa propre fille, il y a de quoi réfléchir. Omondi, un coucou dans le nid qu'avait fabriqué Mwangi. L'homme sait se valoriser. Sous peu, il deviendra indispensable. D'autres personnes sur les lieux ?

— Un couple qui photographiait discrètement les tableaux avec leurs téléphones portables et un homme qui priait dans la chapelle dédiée à Marie. C'est tout. Quand on voit un corbillard garé devant le parvis, ça n'encourage pas à visiter.

— Mis à part l'attitude de Omondi, avez-vous quelque chose de tangible ?

— Rien.

— Anormal. Faut creuser plus profond.

Caboche s'empara d'un feutre Velleda rouge qui traînait sur son bureau et tapota le dossier ouvert devant elle. Tic-tic-tic. Arrêt et reprise du mouvement sonore. Elle attendait des suggestions.

— Deux maladresses entraînant la mort. Un accident de chasse à classer sans suite, énonça avec prudence Royer. Le fait n'est pas nouveau.

— Une conclusion hâtive, lieutenant. Je n'adhère pas. Creuser.

— La tombe, railla Peyrat, ouvrant la porte du bureau de la commissaire, pressé de ne plus entendre le tic-tic-tic qui lui avait tapé sur les nerfs.

— L'inconnue, répondit Royer refermant derrière lui.

11 heures 30.

Simba remua énergiquement le vinaigre blanc, le curcuma, le sel et le poivre dans la casserole. Il fit chauffer le mélange à feu fort pendant quelques minutes sans cesser de remuer. La mixture lui piqua le nez. Il la versa sur le chou blanc dans le saladier, des feuilles coupées fines au préalable. Il ajouta une dizaine d'olives vertes dénoyautées, du persil ciselé, de l'huile d'olive, et mélangea à nouveau les ingrédients. Il goûta. Satisfait de son assaisonnement, il entreposa le récipient dans le réfrigérateur pour qu'il refroidît avant de passer à table. Il profita de l'ouverture du frigidaire pour sortir le plateau de fromages et deux crèmes renversées afin qu'ils se réchauffassent, car il détestait avaler un mets trop froid, surtout sur ce continent où il se gelait la plupart du temps.

Sur la table de la cuisine, il disposa les assiettes et les couverts, le pain, le plateau de fromages et les deux desserts. Il ajouta la coupe contenant les bananes trop mûres selon lui qui se trouvait sur le plan de travail. En guise de plat principal, il ouvrit une boîte de thon qu'il égoutta dans l'évier avant de la renverser dans une assiette creuse. Il sortit d'un paquet entamé deux serviettes jetables de couleur rose pastel, remplit la carafe d'eau au robinet et les posa à côté du pain. Il alla chercher une bouteille de vin dans la cave réfrigérante proche du placard à vaisselle, s'empara de la première qu'il toucha, un rosé de Provence qu'il déboucha aussitôt et remplit les deux verres à pied encore sur l'égouttoir.

— Dame Catherine, le repas est prêt.

Simba jeta un œil sur le cadran de la splendide montre offerte. 11 heures 50. Il devait être à l'aéroport à 18 heures au plus tard avait précisé la toubab. Avant, il devait finaliser son bagage à l'hôtel. Entendant des pas dans le couloir, il sortit le saladier du frigidaire et s'assit.

Catherine Cohen avait changé de tenue vestimentaire. Le noir réglementaire, envolé, retour à la couleur. Robe en laine et soie à carreaux vermillon et rouge foncé.

De l'autre côté de la rue, quelqu'un, confortablement installé à l'intérieur d'une brasserie, surveillait les allées et venues de l'immeuble.

Il a tenu la porte de l'immeuble au facteur qui avait terminé sa distribution de courrier, s'apitoyant sur l'employé des PTT qui travaillait à l'heure des repas. 13 heures 30. Il s'attarda devant les boîtes aux lettres, chercha le nom et l'étage. Il appela l'ascenseur de ses mains gantées.

Il sonna, de profil, masquant la moitié de son visage avec l'écharpe nouée autour de son cou. Il enfonça le bonnet de laine sur sa tête.

Catherine Cohen déverrouilla la porte d'entrée.

— Tu as encore oublié quelque chose, Simba ? dit-elle, dos tourné au palier, partant dans sa chambre s'occuper de l'urne funéraire. Je croyais que tu avais déjà inspecté le salon et la cuisine. Dépêche-toi, tu finiras par nous retarder.

Il entendit à peine la fin de la phrase, poussant la porte et tournant la clé dans la serrure. Il avança dans le couloir, inspectant les lieux, cherchant la trace de l'intrus qui l'avait évincé. Il tremblait de rage, submergé par une colère qu'il ne refoulait plus. Il devait savoir ; il s'était déplacé uniquement dans cette intention. Une explication à portée de mains qu'il vit enserrant un objet oblong.

Catherine Cohen poussa un cri.

— Calme-toi.

— Qui êtes-vous ? D'instinct, elle recula, prête à se barricader dans la pièce qu'elle venait de quitter.

— Tu ne me reconnais pas ?

— Sortez de chez moi ou j'appelle la police, dit-elle d'une voix manquant d'assurance.
— Ninaitwa Manu pour les intimes, mais tu ne l'as jamais prononcé, Catherine. Tu permets que je t'appelle par ton prénom, n'est-ce pas ?
— Qu'est-ce que vous dites ?
— Tu ne comprends pas le Swahili aujourd'hui, pourtant, les semaines passées, il a dû t'apprendre des mots, ton amoureux de couleur, la peau aussi noire que la mienne.
— Sortez.
Un souffle plus qu'un ordre. Elle fit un pas en arrière, l'urne serrée contre sa robe telle un bouclier.
— Souviens-toi. Les e-mails échangés et ce rendez-vous que tu n'as pas honoré. Pourquoi cette désertion ? Je ne l'ai compris qu'après t'avoir suivie, Catherine. Je ne t'intéressais pas ; je n'étais qu'un gestionnaire de patrimoine, à l'âge avancé, au siège social de la Caisse d'Épargne de Bordeaux, parvis Corto Maltese, un gratte-papier considéré comme un minable par toi et tes semblables. Alors, j'ai approfondi le rejet. J'ai cherché auprès de tes relations et j'ai trouvé. Ce fut long, mais la persévérance assure la réussite. J'ai glané des renseignements à droite, à gauche. Dans tes salons, les femmes ont le ragot facile, tes employées aussi. J'ai tendu l'oreille et j'ai appris. Un jeune black inscrit sur un site de rencontre te courtisait ; il t'avait mis le cerveau à l'envers telle une jouvencelle. Tu revivais la jeunesse de l'autre, mais on n'efface pas le passé familial d'un coup de baguette magique, niant la faute commise. J'ai mémorisé le nom du site. Il m'a suffi de créer un pseudo, trouver ton portrait parmi la tranche d'âge correspondant au tien et voilà. Moi aussi, j'étais sur la toile, disponible, ouvert à la rencontre que tu m'as refusée. Africamour.
Cohen restait clouée sur place, statue de pierre écoutant une histoire invraisemblable.

— À ta mine stupéfaite, tu as oublié. Africamour. Rappelle-toi. Il y a une quinzaine de mois, tu m'as posé un lapin dans ce salon de thé bondé. Des vieilles rombières à l'heure du goûter s'empiffraient de pâtisseries, et moi, j'étais là, comme un con, à attendre vainement devant la théière froide. Je suis parti sous les quolibets de ces dames. Leurs moqueries résonnent encore à mes oreilles.

— Possible, émit-elle. C'est lourd. Je vais la poser.

— C'est lui. Tu le gardes avec toi tel un doux souvenir. Ndiyo. Connaissait-il notre secret ?

Elle avança de quelques pas, s'écarta de lui dans le couloir, et fonça se réfugier dans la cuisine. Elle n'eut pas le temps de s'enfermer, l'homme ayant bloqué la porte avec son pied. Il entra.

— Catherine, Catherine, que fais-tu ma belle ? Allons causer dans ton salon comme deux personnes civilisées dégustant un bon café, cela nous détendra.

Elle acquiesça. Il lui fallait renverser la situation. Elle imagina un plan d'attaque, projetant une issue au cauchemar. Elle décida de ne pas se servir des capsules. Elle ouvrit un placard, sortit le paquet de café moulu non entamé, et appuya sur le bouton de la bouilloire électrique remplie d'eau. Elle attrapa la cafetière à piston et la posa sur la table à côté de l'urne. Pendant que l'eau chauffait sur le plan de travail, elle ouvrit le tiroir situé face à elle, surveillant l'étranger dont le visage se reflétait dans les portes laquées de cette cuisine aménagée brillante comme un miroir, et empoigna le couteau à la lame tranchante aiguisée au fusil par Tendaji dès son arrivée - il s'était plaint qu'il ne coupait pas assez. Elle se tourna lentement, bras tendu vers l'agresseur.

— Sortez, répéta-t-elle, le défiant du regard et du geste. *De quel secret parle-t-il ?*

— Catherine, ne sois pas ridicule avec ton arme de pacotille. Tu ne m'effraies pas.

— Sortez, je vous dis. Elle marcha vers lui telle une tigresse défendant sa tanière.

Il fut plus rapide qu'elle. Il l'enserra avec ses bras de sexagénaire musclé. Elle se débattit avec force, gesticulant, ne lâchant pas son instrument de fortune, cherchant à l'enfoncer dans le ventre de l'adversaire.

Une rixe perdue d'avance.

Il tordit le poignet menaçant. Elle se démena avec violence pour contrer la riposte qu'elle n'avait pas prévue. Emportée dans sa fougue, elle ne sentit pas la douleur, conséquence des entrailles transpercées par inadvertance. Il la repoussa avec violence. Elle se cogna la tête contre l'angle de la table ; le marbre résista à l'assaut, la boîte crânienne, non. Elle tomba lourdement sur le carrelage froid, aggravant l'état de la blessure osseuse. Du sang s'échappa en flot continu de la plaie ; il forma une flaque autour de ses cheveux. La robe déchirée au niveau de l'abdomen harmonisait maintenant ses teintes de rouge. Trois couleurs imprimées. Intuition matinale d'un vêtement choisi au hasard dans le dressing.

Il contempla le corps étendu à ses pieds. La vie quittait la femme au regard vitreux. Il haussa les épaules.

— Tu aurais dû m'écouter au lieu de batifoler, Catherine. Tout est ta faute. Regarde le résultat de ta course au guilledou dans le milieu africain. Tu es aussi dévergondée que l'autre. Ta mort ne sera pas une grande perte. Elle ne modifiera pas mes intentions.

Il quitta l'appartement. Il appela l'ascenseur. Il sortit de l'immeuble une demi-heure après y avoir pénétré.

Simba marchait fièrement sur le trottoir, abstraction faite du béton, du manque de verdure et d'oiseaux, imprégnant sa mémoire de la splendeur des vitrines où s'étalait tout ce qu'il ne posséderait jamais, à moins que...

Tenda n'est plus là, en travers de ma route. Il suffirait d'une chiquenaude pour que la balance du « je me la coule douce avec la toubab et fini les emmerdes au pays » penche vers moi. J'enverrai des pesas à la famille. Le père et la mère seront contents de recevoir un virement, ça les aidera et je promets d'aller les voir tous les ans. La toubab, elle est seule depuis cinq jours dans son plumard ; elle change déjà d'attitude. Elle chasse l'homme viril. Elle a besoin de quelqu'un qui sait cuisiner la bouffe autant que le corps. Ça me correspond, et, à la chasse, j'ai toujours été meilleur que le Tenda.

Il avait l'allure d'un dandy traînant sa valise à roulettes achetée récemment, slalomant entre les déjections canines. La Sape comme au pays, il y avait pris goût. Catherine Cohen avait jeté dans le container des encombrants stocké au sous-sol de l'immeuble son vieux sac de sport contre son gré. Lui l'avait discrètement récupéré, ramené à l'hôtel et plié en deux au fond de ladite valise, les vêtements neufs et ses vieux au-dessus. C'était un homme sentimental avec ses contradictions et ses bizarreries d'esprit.

Il aurait aimé s'attarder, mais les aiguilles de la splendide montre n'arrêtaient pas le temps. Il n'était pas sage de contrarier la bienfaitrice.

La toubab déteste lorsque je suis en retard. Aujourd'hui encore moins que d'habitude. Merde ! Faut que j'arrête de dire toubab sinon ça va m'échapper un jour. C'est Dame Catherine, Simba, mets-toi ça dans le crâne. Dame Catherine. Il se frappa la tempe.

Il accéléra, bousculant un piéton qui flânait. Celui-ci l'injuria.

Tous des racistes dans cette ville. Faudra déménager avec la... Dame Catherine.

Devant la porte de l'immeuble, il sortit les clés de la poche du manteau ayant appartenu au défunt mari qu'il avait accepté sans rechigner, le vêtement représentant une barrière efficace contre la froidure française pour une personne non habituée à ce climat.

Il sonna à la porte d'entrée comme à son habitude avant de comprendre qu'il avait toujours les clés dans sa paume. N'obtenant point de réponse, il entra.

Il abandonna la valise dans le couloir, les clés dessus.

— Re Jambo, Dame Catherine, je suis arrivé.

Le silence lui répondit.

— Dame Catherine ! Je suis arrivé ! répéta-t-il plus fort, stationnant dans l'entrée.

Il tendit l'oreille. Il ne perçut aucun bruit. Il avança.

— Pole, Dame Catherine, je vais me faire un Kahawa en vous attendant.

Elle doit être aux toilettes. Ces femmes-là n'aiment pas être importunées aux petits coins. Merde ! Il avait raison le Tenda, je parle et je pense comme un blanc au bout de deux semaines seulement. L'oncle, il va pas en revenir quand je lui téléphonerai de la France.

Il se dirigea vers la cuisine, chantonnant, sûr du résultat de la prestation qu'il manigançait. Il stoppa net sur le seuil, l'œil rivé sur le cadavre. L'odeur caractéristique du sang chaud de la bête tuée depuis peu arriva jusqu'à lui. Il se boucha le nez et la bouche avec une main et plaqua l'autre sur son ventre, refoulant l'envie de vomir. Il s'empêcha de respirer la mort.

Réfléchir.

Vite.

Des pesas. Tramway. Bus. Taxi, si je ne sais pas comment. Beaucoup de pesas. Pole, la toubab, je me sers, je rafle tout.

C'était tout ce qu'il avait trouvé comme solution. Palier aux dépenses jusqu'à son départ vers l'Afrique.

Il vida le contenu de la boîte en fer dans sa poche, la balança vide sur la table, et partit à la recherche du sac à main. Il le trouva dans la chambre. Du portefeuille, il prit les billets de cinquante euros, de vingt et de dix qu'il froissa quand il les enfourna dans la poche de son pantalon. Il ne compta pas.

Est-ce que ce sera suffisant ? De quoi j'aurais encore besoin. Au pays, j'aurais que dalle. Faut prévoir le lendemain.

Il retourna à la cuisine. Il se pencha sur la morte.

— Pole, Dame Catherine, c'est pas du vol, c'est aider un miséreux.

Il souleva la main droite et tira sur la bague, un saphir serti de diamants. Il ôta ensuite le bracelet qui ornait son poignet. Il détacha aussi la chaîne autour du cou avec son médaillon. Bague, bracelet, chaîne et médaillon rejoignirent les billets. Il hésita à dépouiller la main gauche. L'alliance brillait de mille feux.

Le curé d'ici a dû la bénir. C'est comme avec les sorts du sorcier. Faut pas y toucher, Simba, ça attirerait le malheur sur toi.

— Pole, Dame Catherine, tes bijoux permettront la construction d'une vraie maison pour la mère. Que ton Dieu et l'Arbre sacré te bénissent ; ta bonne action me réjouit le cœur, je ne t'oublierai pas. Kwaheri, Dame Catherine.

Il quitta la pièce, fonça dans le couloir, saisit valise et clés, sortit sans claquer la porte et verrouilla l'appartement.

Calme le pas. Serein. Ne pas alerter le blanc jusqu'à être le cul dans l'avion.

Il glissa les clés dans la fente de la boîte aux lettres, et ouvrit la porte de l'immeuble.

Il se fondit dans la foule.

Elles avaient convenu de dîner ensemble ce soir aux alentours de 19 heures lorsqu'elles s'étaient quittées à la sortie du crématorium. L'Africain décollait à 21 heures 30. Elle devait le laisser aux alentours de 18 heures à l'aéroport. Simba accomplirait les formalités d'enregistrement et d'embarquement seul.

Catherine Cohen n'avait plus donné signe de vie depuis. Adeline n'était pas inquiète, car son amie changeait souvent d'avis à la dernière minute. Une course, une invitation, et elle modifiait son planning. Sachant qu'elle mettrait un peu plus d'une heure pour atteindre le centre-ville, Adeline avait deux heures à tuer. Elle consacrerait ces 120 minutes à embellir son corps.

Elle fit couler un bain dans la baignoire à remous et s'y glissa. La température de l'eau ramollissait son épiderme et les bulles remontant à la surface massaient son dos ; elle était aux anges. Une demi-heure à se relaxer. Après la pénible correction des copies ayant dévoré son après-midi, c'était un répit à s'offrir sans modération. Quelques mèches de cheveux roux s'échappèrent du chignon et flottèrent autour de ses épaules.

Elle ferma les paupières, prolongea la sensation de plénitude qui l'habitait encore un quart d'heure avant la manipulation de l'ouverture de la bonde. Elle émergea telle une naïade de 58 ans. Elle rinça la peau couverte de mousse avec la pomme de douche au jet puissant, et daigna enfin mettre un pied sur le tapis de bain. Elle s'essuya avec une serviette propre et enfila son peignoir. Elle mit en marche le sèche-cheveux et dompta la chevelure mouillée à coups de brosse énergiques.

Ne sachant comment se terminerait la soirée puisqu'avec son amie Catherine, on frôlait parfois les clubs privés douteux, elle opta pour un pantalon beige stretch coupe large et un pull en cachemire blanc cassé avec une lingerie ivoire contraire au rouge routinier.

Maquillage rapide devant le miroir de la coiffeuse.
Parfum.
Choix des bijoux dans le coffret.
Indécision sur la paire de chaussures.
Manteau long noir en laine.
Sac à main.
Coup d'œil vers la psyché.
Satisfaction du reflet.

Adeline Taupin enclencha l'alarme et quitta son domicile.

La Brède est à 28 kilomètres de Bordeaux. Si j'évite le ralentissement causé par la sortie des bureaux, j'aurai juste le temps de me garer dans le parking souterrain du centre-ville pour respecter l'horaire. Dieu merci, il n'est pas loin de chez Catherine.

À 19 heures 10, Taupin appuya sur l'interphone. Pas de réponse. Elle n'avait pas l'intention d'être frigorifiée sur le trottoir. Elle appela le mobile de son amie. Tonalité dans le vide avant de raccrocher. Elle fouilla son sac. Ses doigts touchèrent le double des clés donné il y avait si longtemps qu'elle aurait été incapable de dire quand si on le lui avait demandé.

Dans l'ascenseur, elle songea à la difficulté de rouler après avoir quitté l'aéroport de Mérignac à l'heure de pointe. Douze kilomètres d'une circulation dense. Catherine avait été retardée. Normal.

La clé dans la serrure dégagea le pêne ; elle entra et referma la porte.

Aucun bruit excepté celui de ses talons. Normal.

Lorsqu'elle passa devant la cuisine, une odeur étrangère lui fit faire marche arrière, et l'horreur s'invita. Elle s'adossa au chambranle de la porte, manqua défaillir, réagit telle un automate face à l'urgence, recrachant les consignes apprises au collège en pareil cas, protectrice de ses élèves, mais pas de son amie.

D'une main agitée par un tremblement incontrôlable, elle composa le 18, et attendit dans le salon, impuissante.

— Voilà ce qu'il advient quand on court après plusieurs lièvres. Il y en a toujours un qui vous échappe, bougonna Peyrat. Qu'est-ce qui est primordial sur l'échelle des priorités ? une série de cambriolages aux objets assurés ou un meurtre à élucider ? et ce soir, un deuxième sur les bras. Caboche, tu as fini par perdre la tienne ; tes ordres sont à chier.

Le lieutenant ne décolérait pas depuis l'annonce reçue au commissariat, trépignant dans le couloir de Cohen après avoir dégagé les pompiers qui ne s'étaient point offensés, connaissant les sautes d'humeur de l'individu depuis le changement de commissaire. Peyrat, qui ne supportait pas d'être commandé, attendait la légiste, l'équipe technique et la scientifique. Auparavant, les ordres, c'était lui qui les donnait, il avait carte blanche, les collègues suivaient ses directives, le changement était inacceptable.

Royer, quant à lui, interrogeait avec douceur Adeline Taupin dans le salon. L'amie suffoquait et transpirait à la fois, déglutissant à chaque réponse sollicitée.

— Je ne comprends pas. Je ne comprends pas, soliloquait Taupin.

— Qu'est-ce que vous ne comprenez pas, Madame Taupin ?

— Pourquoi avoir tué Catherine ? Pourquoi a-t-il agi ainsi ? Pour lui voler la bague ? ce serait le bijou, son mobile.

— Qui ?

— Mais, Simba Omondi, celui qui vivait chez elle. Enfin… presque. Je ne suis pas sûre qu'il couchait à l'hôtel depuis la mort de Tendaji. Qui d'autre sinon ?

— Était-elle avec lui après la cérémonie ?

— Bien sûr, elle devait le conduire à Mérignac pour son départ. Bon débarras. Une sangsue de moins. Comment y serait-il allé sinon ?

— L'avez-vous croisé depuis ce matin ?

— Mais non, qu'insinuez-vous ? Téléphonez donc à son hôtel, il y est peut-être encore, s'emporta-t-elle devant tant de lenteur. Vous allez laisser s'enfuir un voleur doublé d'un assassin.

— Restez là, je reviens.

Royer sortit de la pièce.

— Des nouvelles de Omondi ? lança-t-il, avançant dans le couloir.

— Il a quitté le nid après 14 heures 30, répondit Peyrat. Le réceptionniste est formel. L'ordinateur a enregistré l'heure de la restitution de la carte magnétique : 14 heures 25.

— Aéroport ?

— Certainement. J'informe Caboche ; elle s'occupera de le coincer là-bas. Je reste ici pour guider notre légiste Bonpin.

— J'y retourne.

Taupin avait ôté son manteau, tétanisée. Elle avait couvert ses genoux avec le vêtement comme si l'endroit avait été sali par le crime. Elle n'osait plus bouger.

— L'avez-vous arrêté ?

— Nous nous y attelons. Pourquoi êtes-vous persuadée que Monsieur Omondi a tué votre amie ?

— Par vengeance.

— Développez.

— Catherine avait emprunté le fusil de Marie-Claire Boucher. Elle avait tiré avec avant de rentrer à la cabane de chasse. Elle tenait absolument à l'essayer avant d'acheter le même. C'était une occasion à ne pas manquer avant l'interdiction de chasser. Il est plus performant que le sien. Simba a certainement pensé que le coup de feu venait d'elle ; qu'elle avait eu l'intention de le supprimer. Chaque année la gendarmerie comptabilise deux ou trois cas d'accidents, Tendaji aurait été un de ceux-là, un crime maquillé selon lui.

— Pourquoi ne pas l'avoir dit avant ?

— Parce que Tendaji avait une flèche dans le cou. Notre ami médecin, Michel Rouvier, l'avait examiné et nous avait certifié que c'était elle qui avait entraîné sa mort et non les plombs. Catherine était innocente, je n'allais pas orienter les soupçons vers elle et l'accabler de reproches.

— Comment avez-vous appris l'échange de fusil ?

— C'est Marie-Claire qui l'a avoué à Madeleine, qui l'a dit à son mari, le président, et à moi. Immédiatement, je me suis empressée de questionner Catherine à ce sujet. Elle n'a pas objecté. J'avais eu ma confirmation. La pauvre croyait être la seule responsable, je l'ai tranquillisée. Simba aura surpris notre conversation et déduit des suppositions absurdes. Une conclusion erronée aura causé le décès de Catherine. Puis-je partir ? Je ne supporte plus d'être ici.

— Vous évoquiez tout à l'heure une bague qui manquerait.

— Oui. Un saphir avec des diamants qu'elle portait à la main droite. La bague de fiançailles de sa grand-mère. Elle ne l'ôtait jamais, où qu'elle aille et quoi qu'elle fasse.

— Passez au commissariat demain dans la journée. Nous aurons besoin de vos empreintes digitales et de votre témoignage puisque c'est vous qui avez découvert le corps. C'est important. Appelez notre ligne directe avant c'est préférable.

— À quel numéro ?

Royer l'écrivit sur une feuille de son carnet, l'arracha et la lui tendit.

— N'oubliez pas, Madame Taupin, dit-il, lui ouvrant la porte d'entrée. Demain. Sans faute.

— Comment voulez-vous que j'oublie une tragédie pareille, lieutenant. À demain.

Adeline Taupin s'écarta pour laisser passer la légiste, et sortit, sac à main en bandoulière, son manteau serré contre elle - elle ne l'avait pas endossé, toujours sous le choc.

Peyrat suivit de très, très près, Catherine Bonpin.

Capitulant face au bougon que ne manquerait pas de calmer la présence de l'arrivante, Royer descendit lui aussi après les salutations d'usage. Il remonterait avec les autres collègues. L'aîné se serait radouci entre-temps.

Simba était nerveux. Dans le hall de l'aéroport, le temps semblait suspendu. Un film au ralenti qui ne l'enchantait guère.

Il avait suivi du regard sa valise sur le tapis d'enregistrement des bagages jusqu'à ce qu'elle eût disparu derrière les lamelles caoutchoutées du rideau. Il avait caché dans une chaussette les bijoux et dans une autre les billets de cinquante euros et de vingt, ne gardant sur lui que ceux de dix. Il se méfiait des brigands. Malgré ces précautions, il avait hâte d'embarquer et que l'avion vole au-dessus des nuages. Sa crainte augmenta lorsqu'il vit deux douaniers et un policier franchir le poste de contrôle. Les uniformes se ressemblaient sur tous les continents : grosses chaussures, pantalon avec poches, veste ou chemise suivant la saison, ceinturon et arme sur la hanche. Simba voyait Tendaji à travers eux, le gardien qui le malmenait et confisquait ses prises de braconnage. Il frissonna. Quand le trio s'adressa à l'hôtesse de la compagnie Kenya Airways qui le désigna par un mouvement de tête, il sentit la sueur couler le long de sa colonne vertébrale. Il ne remua plus, respirant à peine avec le souhait de disparaître de leur champ de vision. Il invoqua l'Arbre Sacré, espéra une faille spatiotemporelle dans laquelle il se réfugierait, mais le film précipita l'avancée du trio et sa perte.

— Monsieur Omondi, suivez-nous, je vous prie.

— Pourquoi ? dit-il, affichant un air innocent peu convaincant.

— Simple vérification administrative.

Simba, encadré par les douaniers, entra dans leur bureau.

Un quart d'heure à patienter avant de voir revenir sa valise au bras du policier.

Inspection minutieuse de son contenu. Les deux douaniers, experts au maniement des fouilles, ne tardèrent pas à trouver le butin.

Photo de la bague, du bracelet, de la chaîne et du médaillon.

Transmission à Royer, qui transmit à Taupin.

Affirmation.

Le policier referma les menottes sur les poignets. Simba cria à l'innocence. Lui, il avait mené à bien l'arrestation du suspect. Un lieutenant devait arriver incessamment, ce n'était qu'une question de minutes avant de l'accompagner au commissariat central sur la banquette arrière de la voiture de la police nationale.

Terminus. Descente aux enfers dans une cellule de garde à vue, béton gris et froid, toilettes à la turque, et rien pour se prémunir du froid ressenti malgré le chauffage. Ce froid, Simba l'avait à l'intérieur de son corps ; une banquise à 37°.

Royer vint le chercher accompagné du gardien de la paix, le dévoué Romain relégué à l'accueil. Il était 9 heures passées, l'heure du café croissant que le lieutenant ne savourerait pas à la brasserie à côté de chez lui. Samedi matin, et il s'abstenait de son plaisir hebdomadaire. Mauvaise journée.

Dans la salle d'interrogatoire, pendant que Peyrat et Caboche s'entretenaient sur les résultats de l'autopsie, Simba revendiquait ses droits. La veille, il avait refusé l'avocat commis d'office, clamant son innocence et criant à l'injustice ; aujourd'hui, la nuit portant conseil, il sollicitait l'homme de loi et ne répondrait qu'en sa présence. Retour dans la cellule.

Royer poussa la porte du bureau de Caboche.

— Je viens aux nouvelles. Omondi a changé d'avis, il veut un avocat.

— Je m'en charge, déclara Caboche. Peyrat va vous briefer.

Dans leur bureau, chacun un gobelet de café entre les doigts, piochant dans une boîte de biscuits presque vide - ils avaient entamé le dernier niveau et la rapidité du geste était de bonne guerre jusqu'au prochain achat -, Peyrat récapitula.

— La plaie à l'abdomen est due à la pénétration du couteau de cuisine qui y demeurait toujours à notre arrivée. Utilisé par un droitier, il a perforé le rein gauche et les intestins sur son passage. Au niveau du crâne, le choc sur l'angle de la table suivi de la chute du corps a provoqué un hématome sous-dural aigu ayant entraîné une augmentation de la pression crânienne. Le décès de Cohen était inévitable. Il résulte d'un temps trop long entre l'agression et la découverte de Taupin. La température du corps étant à 32° environ et celle du foie à 34°, Catherine estime le décès de la victime à cinq heures auparavant.

— Vers 14 heures.

— Ce qui innocente Omondi.

— Ennuyeux pour nous.

— Exact. Elle a noté des ecchymoses au niveau des deux membres supérieurs. Il y a eu lutte.

— Les lividités cadavériques ?

— J'y viens. Encore mobiles lorsque Catherine a appuyé dessus ce qui atteste l'emplacement du corps ; il n'a pas été déplacé. Au vu de la flaque de sang, on se doutait déjà de cette conclusion.

— Je suppose que les empreintes sont inutilisables.

— Tout juste. Nombreuses, dans la cuisine et dans les autres pièces. Celles de Omondi, Tendaji, et des inconnues. Elles se superposent. Inexploitable. Il y en avait aussi sur l'arme. Le couteau était lavé à la main, pas au lave-vaisselle, mais cela ne modifie pas notre problème : nous avons deux meurtriers.

— Ou un seul.

— C'est aussi ce que pense Caboche, mais quel serait le mobile ?

— Avant, j'aurais misé sur la jalousie et l'argent avec notre Omondi meurtrier, maintenant, je sèche.

— Une indiscrétion liée à Cohen qu'aurait apprise un Mwangi à l'écoute et quelqu'un les élimine l'un après l'autre. La seule chose que nous puissions déduire de tout ceci est que le meurtrier - j'opte pour un homme - est prudent. Un couteau est une arme silencieuse qui n'alerte pas les voisins. On arrive et on repart incognito.

— Je suis d'accord avec toi, mais j'élabore un scénario différent : un meurtre non prémédité. Un criminel prudent qui a bénéficié d'un heureux hasard. Cohen le connaît, elle ouvre, ne se méfie pas. Ils se disputent concernant ton indiscrétion sans un seul éclat de voix, car nous savons que Cohen ne veut pas attirer l'attention du voisinage.

— Une conversation qui s'envenime.

— C'est l'idée. Il devient agressif, a des propos menaçants, elle a peur, elle se défend avec les moyens qu'elle a à sa disposition dans une cuisine, c'est-à-dire un couteau. Il retourne l'arme contre elle, elle s'empale, il la pousse, elle heurte la table et se fracasse le crâne. Fin du problème.

— Le mobile est plausible dans les deux histoires. Ça se tient. J'adhère.

— Une femme me semble crédible. Ces dames parlent trop. Je vais continuer à cuisiner Omondi, l'avocat est dans nos murs, j'ai reçu un texto de Romain. Il sait peut-être quelque chose sans le savoir.

— Et moi, je récupère les fadettes et j'épluche les facturettes. On débriefe après sans Caboche.

— OK.

— Mon client plaide non coupable, lieutenant.

Le ton était pète-sec. Connu au sein du tribunal pour les procès perdus, l'avocat avait l'intention d'inverser avec cette affaire la courbe descendante de ses résultats ; il sauverait sa réputation mise à mal.

— Bien. Qu'il nous relate sa journée d'hier à partir du crématorium, dit Royer esquissant un sourire.

— Vous y étiez, s'excita Simba sur la chaise. Le sentiment que le lieutenant se foutait de sa gueule exacerba son irritabilité. Vous avez vu, l'église, le cercueil qui crame, tout ça quoi, et après, vous êtes parti avec les autres. La Dame Catherine et moi, on a ramené sa mère à la maison de retraite, demandez à la femme avec la blouse bleue, elle vous dira que j'étais là. Après, on est rentré à l'appartement et j'ai préparé le repas.

Simba affichait ouvertement son caractère coléreux.

— Avec le couteau enfoncé dans le corps de Madame Cohen.

— Ben, Ndiyo, je l'avais utilisé pour couper le chou. Il leva les bras au ciel. Ça m'a fait un choc quand je l'ai vu dans le ventre de Dame Catherine, alors, j'ai pris mes jambes à mon cou. La frousse, quoi. Vous auriez fait pareil. J'allais pas crier Nipateni ! et ameuter le quartier. Vous m'auriez inculpé. La preuve, je suis là.

— Vous omettez un détail dans votre récit, Monsieur Omondi, les bijoux et l'argent qui étaient cachés dans votre valise.

— Pole, la police, elle me les avait donnés. Dame Catherine était une sainte femme ; au Paradis, qu'elle est. Il se signa trois fois, regardant droit dans les yeux Royer.

— Je ne crois pas une seule seconde à votre version. Vous mentez, Monsieur Omondi. Royer soutint le regard. La bague provenait de sa grand-mère ; elle y tenait immensément.

— Vous n'avez aucune preuve du recel, argumenta l'avocat.

Vrai. Le lieutenant le savait.

— Quelle explication avez-vous à nous fournir ?

— Participer à l'agrandissement des cultures de la famille avec l'acquisition de parcelles et à la construction d'une maison comme ici où elle aurait été accueillie par la famille telle une reine. Elle aurait eu une chambre réservée toute l'année. Elle serait venue nous voir n'importe quand. Elle avait compris les enjeux du Kenya. L'exploitation de l'or près du lac Victoria, surtout dans le comté de Kakamega, emploie des jeunes déscolarisés comme vous les nommez ici ; ils sont tentés, ils gagnent plus que moi. Normal. La vente des bijoux, c'était beaucoup de pesas, c'était sa contribution pour l'achat des semences et du bétail qui paîtrait sur les nouvelles terres. On avait parlé de tout ça après la mort du Tenda. Elle était d'accord, quoi. Une sainte femme, Dame Catherine.

La turpitude se lisait sur le visage du voleur, car vol, Royer ne doutait pas, mais son implication serait difficile à prouver.

— Avez-vous croisé une personne lorsque vous êtes arrivé à l'appartement de Madame Cohen ? dans l'ascenseur, ou dans le hall de l'immeuble ? un homme ? une femme ?

— Non. J'avais la frousse, j'ai dit. Me suis pas attardé. Demandez plutôt à la vieille d'en face. Elle espionne, l'œil collé à son œilleton de porte. Un Judas, cette toubab. Dame Catherine, paix à son âme, ne l'aimait pas.

— Sa voisine de palier ?

— Ben, Ndiyo, c'est ce que je dis. Vous êtes sourd ou quoi.

— Et ces jours passés, quelqu'un vous aurait-il suivis, vous et Madame Cohen depuis le décès de Monsieur Mwangi ?

— Ne répondez pas. Ces questions n'ont aucun rapport avec mon client et le meurtre. Vous cherchez à l'intimider, à embrouiller ses pensées, une méthode connue de vos services, n'est-ce pas, lieutenant ?

L'intervention de Peyrat lui sauva la mise.

Caboche s'était incliné devant l'absence concrète de preuve du vol avant que ne pèse sur le commissariat l'accusation d'arrestation arbitraire. Pas d'effraction, pas de témoin, parole contre parole sauf qu'une des deux personnes ne pouvait plus témoigner.

— Vous pouvez partir, annonça Royer, la rage au ventre.

— Et mon bien ? s'enquit Omondi.

— Il vous sera rendu dans mon bureau contre la signature de la restitution.

— Et le billet d'avion ? qui va me rembourser et payer le nouveau ?

— Ne tirez pas sur la corde, Monsieur Omondi, la clémence a ses limites. Vous avez de quoi acheter un billet.

L'avocat le tira par le bras, l'intimant à se taire.

L'enquête de voisinage se résumait à interroger la vieille dame décrite par Simba.

Royer et Peyrat sonnèrent à l'interphone de l'immeuble au numéro 9. L'appareil renvoya une voix éraillée.

— Qu'est-ce que c'est ?

— La police, Madame Arnaud.

Cette excuse, Margueritte l'avait déjà entendue maintes et maintes fois. Elle retourna à sa petite cuisine diminuer la puissance du gaz sous la cocotte ; le bœuf bourguignon réchauffé, c'était meilleur, brûlé, pas du tout. Le plan de travail offrit un point d'appui à la main. Elle se pencha, tourna le bouton, jugea la flamme correcte, et s'attela à mettre la table dans la salle à manger. Elle alluma son poste de télévision.

La sonnerie retentit à nouveau.

— Racailles, bougonna-t-elle. Ils se lasseront avant moi à ce petit jeu. Elle monta le son avec la télécommande. Même pas tranquille à l'heure du repas.

Dans la rue, Peyrat agita le trousseau de clés de Cohen.

— On y va.

Ascenseur. Dernier étage.

Sonnette de la porte d'entrée.

Margueritte Arnaud attrapa sa canne.

— Sale engeance. Il existe toujours un imbécile pour débloquer la porte de l'immeuble. Il faudra que je le signale au syndic de la copropriété à la prochaine réunion des propriétaires. On le paye assez cher pour ce qu'il fait.

Re-sonnette.

— Maudit vaurien. Je ne risque pas de vous ouvrir, grommela-t-elle.

Elle martelait le carrelage de son couloir en avançant, soufflant et tempêtant telle une horloge déréglée. Argn ! Tic ! Tic ! Argn ! Argn ! Tac !

Peyrat colla devant le judas sa carte de police.

— Qui c'est ?

— Le plombier, marmonna-t-il.

— La police, Madame Arnaud, répondit Royer, retenant un fou rire. Le cadet ne laisserait pas l'aîné braquer l'ancêtre.

— Reculez, je ne vous vois pas.

— Nous oui, pupille dans le viseur, et pan ! imita l'aîné avec son index.

Royer baissa la main de son collègue.

— Ah, je vous reconnais. Vous êtes ceux de Madame Cohen, dit-elle, entrebâillant sa porte.

— C'est ce qui nous amène. Nous avons à causer à propos de votre voisine. Permettez que nous entrions, Madame Arnaud.

— J'ai à surveiller mon frichti. Entrez.

— La chaîne de sécurité, Madame Arnaud, il faut l'enlever.

Elle s'exécuta de bonne grâce.

— À mon âge, on n'est jamais trop prudent. Qui vous a ouvert ? demanda-t-elle, inquisitrice, pointant sur Peyrat sa canne.

— Personne.

Les lieutenants avaient devant eux une grand-mère mesurant à peine 1 mètre 55, vêtue d'une robe de laine épaisse grise de même que ses chaussettes montantes, emmitouflée dans une veste tricotée main à grosses mailles, et une paire de charentaises aux pieds.

— Personne !

Tac ! Argn ! Tic !

— Nous avons les clés de Madame Cohen, montra Peyrat.

— Eh bien, vous feriez mieux de toutes les récupérer. Ça va, ça vient, chez elle, un vrai courant d'air. Je serais moins dérangée maintenant qu'elle est morte. À quelque chose, malheur est bon.

Elle souleva le couvercle de la cocotte, remua avec la cuillère en bois, ajouta un demi-verre de vin rouge, et emprisonna le fumet avec ledit couvercle.

— Il ne faut pas que l'évaporation soit rapide sinon la viande accroche. Dépêchez-vous de la poser, votre question, parce que mon émission ne va pas tarder à commencer à la télévision.

— Hier soir, avez-vous entendu Madame Cohen appeler à l'aide ou crier ?

— Je suis sourde, je n'entends pas bien ce que les gens disent, alors, pensez un peu, de l'appartement d'en face avec ma porte fermée et la télé, comment j'aurais perçu un bruit. À part celui de l'ascenseur qui fait un boucan d'enfer quand il s'arrête à l'étage - la cabine touche la cloison de la salle à manger -, je n'entends pas.

Les deux lieutenants entendaient, eux, parfaitement le présentateur du jeu télévisé en provenance de la salle à manger.

— Et du côté de la vue ?

— Ah, ça, je vois comme à mes vingt ans depuis que j'ai été opérée de la cataracte des deux yeux par le professeur Joffre.

— Avez-vous vu quelqu'un hier après-midi et dans la soirée ?

— Attendez que je me souvienne. Elle compta sur ses doigts. Quatre. Elle recompta. C'est bien ça, l'ascenseur m'a dérangée quatre fois.

— Et vous avez eu le temps de regarder ? interrogea Peyrat, montrant la canne avec un air dubitatif.

— Quand il faut ouvrir, ce n'est pas pareil. Je la tiens fermement. Si c'est un malotru qui demande la voisine et qui veut pénétrer chez moi, pan ! un coup sur le pied ou sur la main - elle mima le geste - et croyez-moi, il foutrait le camp. Bon, ça ne s'est jamais produit, mais j'anticipe. C'est qu'à partir d'aujourd'hui, je n'aurais plus ce souci pendant un certain temps. À quelque chose, malheur est bon.

— Vous disiez quatre fois, sollicita Royer.

— C'est le bon compte. D'abord le noir qui tenait un objet et elle, puis le noir, encore le noir, et sa copine.

— Si je résume, Madame Arnaud, nous avons Madame Cohen avec Monsieur Omondi, deux fois Monsieur Omondi, et une femme. Vous pourriez nous la décrire.

— Facile, elle s'habille tout le temps avec des vêtements noirs même l'été. Pensez un peu. Elle doit avoir chaud à se mettre sur le dos des vêtements sombres quand dehors, on transpire à grosses gouttes. Et elle a les cheveux poils de carotte.

— Madame Taupin.

— Je ne connais pas son nom.

— Donc, nous avons en premier, Madame Cohen et Monsieur Omondi, nota Royer dans son carnet, puis Monsieur Omondi part et revient, et Madame Taupin, la copine.

— Là, vous n'avez pas le compte.

— Comment ? Nous avons bien quatre fois le bruit de l'ascenseur.

— L'ascenseur fait du bruit quand il monte et s'arrête à l'étage, pas quand il descend. Il est monté quatre fois.

— Monsieur Omondi est donc venu deux fois.

— Oui. Une fois avec la voisine et une fois tout seul.

— Cela donne deux fois, et avec Madame Taupin, trois, non pas quatre, Madame Arnaud, rectifia Royer.

— Je ne suis pas gâteuse, Monsieur le policier. Il y a eu l'autre noir.

Peyrat et Royer se consultèrent du regard.

— Développez, demanda Peyrat.

— Développer quoi ?

— Comment était cet homme ? sa morphologie ? Était-il grand ou petit ? gros ou maigre ? ce genre de description.

— Je ne l'ai vu que de dos. Il n'avait pas l'air d'être jeune à sa façon de se tenir debout si je le compare aux deux autres. Elle devait le connaître puisqu'elle l'a laissé entrer. C'est quand il a fermé la porte que je l'ai mieux vu. C'était un noir, un de plus.

— Comment était-il habillé ?

— Un bonnet de laine, une écharpe qui lui mangeait le bas du visage, un genre d'anorak et un pantalon comme les jeunes à l'école.

Royer inscrivit bonnet, écharpe, doudoune, jean, noir de peau, plus vieux que Mwangi et Omondi, entre 40 et 60 ans.

— Est-il venu avant ou après Monsieur Omondi ?

— Je ne connais pas ce nom.

— Le jeune noir.

— Lequel ? Ils étaient deux la semaine dernière. Je m'y perds avec vos hommes noirs.

— Celui d'hier, l'autre est mort.

— Ah, c'est le nom de celui qui était avec la voisine, je ne savais pas que l'autre était décédé. C'est pour cette raison que je ne le voyais plus. C'était avant votre Omondi qui avait une valise la deuxième fois.

— Un autre détail concernant cet homme ?

— Non. Vous avez fini avec vos questions maintenant, j'aimerais dîner devant mon émission. Elle démarre dans cinq minutes, ajouta-t-elle après avoir jeté un œil sur la pendule accrochée au mur. Le bœuf bourguignon, c'est roboratif. Elle adorait ce mot et le prononçait à chaque fois qu'elle avait l'occasion de le placer dans une conversation, sûre de son effet.

— Pas pour l'instant, Madame Arnaud. Nous ne manquerons pas de vous contacter selon les besoins de l'enquête.

Peyrat opina. Ils la suivirent dans le couloir. Elle trottinait gaillardement en direction de la porte d'entrée, soulevant sa canne. Savoir qu'ils partaient lui rendait sa jeunesse.

— Un homme, dit Peyrat sur le palier. Un droitier sans signe distinctif. Quel scoop ! c'est Caboche qui va être ravie de connaître ce détail.

— L'idée de la femme meurtrière me plaisait.

Ils s'engouffrèrent dans l'ascenseur.

— Elle a raison, il est bruyant, constata Royer. Y compris dans la descente.

— Et surtout quand il stoppe, rigola Peyrat. Elle est en train de nous maudire. Pause déjeuner ?

— Pause déjeuner, collègue. Son frichti m'a ouvert l'appétit.

Caboche jubilait dans le bureau des lieutenants pendant leur absence. Elle lisait les trois colonnes sur le Paperboard : crime, mobile, victime. Avec le feutre Velleda rouge, elle marqua Catherine Cohen dans celle de victime, à la suite de Mwangi, et vengeance avec des lettres majuscules sous le groupe de mots « prétendant évincé et argent » dans celle de mobile. Elle jouait à la maîtresse d'école corrigeant le devoir d'un élève sur un tableau noir, hésitant à biffer Omondi ce qui aurait déplu. Quand ils la virent ayant pris possession de leur antre, Peyrat se renfrogna.

— Deux cadavres, deux mobiles, deux criminels ou un seul, Messieurs, vous avez le choix du roi. Visionnez les caméras de rue en buvant votre café de 14 heures ; avec de la chance, nous obtiendrons un visage à diffuser puisque le FNAEG n'a rien craché.

— Bien chef ! proclama Peyrat, l'ironie au coin des lèvres. *Dans cinq minutes, je subtilise ce feutre à la con et je le balance dans une poubelle grise dehors. À ne pas recycler sous peine de le voir réapparaître.*

— Qu'est-ce qu'ont donné les autres noms de la liste ?
— C'est prévu.
— Vous n'avez pas commencé ! s'irrita-t-elle.
— Vous nous avez donné la feuille après la cérémonie quand nous sommes revenus au QG, justifia Peyrat. *Si elle recommence son tic-tic-tic sur le tableau, je le lui fais bouffer.* C'est aussi vous qui avez insisté pour que nous avancions sur les

cambriolages hier après-midi avant de revoir Cohen chez elle dans la soirée.

— Après l'aéroport, confirma Royer. Nous avions programmé une visite chez Madame Cohen au sujet de cet échange de fusil. Son décès nous a rattrapés. Il oriente l'enquête vers un nouvel horizon Il supprime Madame Cohen des suspects.

— Pour supprimer, elle est bien supprimée ! Six pieds sous terre, et votre horizon est bouché, Royer. Le smog anglais à Bordeaux. Quelles étaient ses relations intimes ?

— Mis à part Madame Taupin avec laquelle elle sortait souvent, principalement des virées nocturnes, je dirais qu'elle a côtoyé longtemps son amie de Paris, Madame Mandon répondit Peyrat sur un ton bourru. Il écrasa avec ses doigts le gobelet vide et visa la corbeille à papier.

— Madeleine Delalande, peut-être, compléta Royer. Madame Cohen tirait et s'entraînait avec son mari. Le relevé téléphonique montre que les trois s'invitaient parfois, avant l'arrivée de Mwangi.

— La voyante, Gabriella Torres, réceptacle des confidences, ajouta Peyrat. Taupin la fréquente aussi. Les autres ne sont que des connaissances de chasse, pas vraiment incluses dans son cercle privé.

— Soumettez leur la liste de noms des pseudos avant de courir tous azimuts. Déjà deux meurtres dans la semaine, évitons un troisième. L'inconnue est parfois débusquée là où on ne s'attendait pas à la trouver. Creusez, lieutenants, creusez jusqu'au centre de la terre s'il le faut, mais trouverzmoi ce salopard. Tic-tic-tic.

— Ou deux salopards, commissaire, corrigea Peyrat. *Ça y est, elle remet le couvert.*

— Allez-y, Peyrat, faites le malin dans mon dos si cela vous amuse, mais ramenez-le ou les dans nos murs.

Qu'avant la fin du mois, il ou ils au pluriel soient sous les verrous. Tic-tic-tic sur la colonne crime.

Caboche sortit, emportant le feutre. La porte resta ouverte.

— Énervée, la boss, dit Peyrat, allant fermer la porte.

— Tu as le don de la pousser à bout, collègue. Méfie-toi. Tes remarques ont la force d'un boomerang qui reviendra vers son lanceur. Elle cherche sa place. Elle a été parachutée chez nous depuis Paris, c'est une promotion qui bouleverse les habitudes.

— Tu excuses son comportement, moi pas. Elle nous rembarre à chacune de nos initiatives. Nous n'avons plus la main sur nos dossiers.

— Elle est intuitive, reconnais-le.

— Vrai. Pause-café ? La journée sera longue. J'ai besoin de plus de caféine pour supporter Caboche.

— OK. On le déguste dehors. J'ai besoin de m'aérer la tête, de voir des gens normaux en train de se marrer avant de décrocher le téléphone. Joindre des gens un samedi après-midi sera le défi du jour.

Partage des tâches : Peyrat, à classer par ordre croissant les rendez-vous actés entre Cohen et les candidats potentiels, Royer, à téléphoner aux quatre proches retenus.

Madeleine Delalande fut la première contactée et décrocha. Royer énuméra par ordre alphabétique.

— Antonio Borriglio, Emmanuel Dossou, Nestor Fiorentini, Albert Granger, David Hainder, Pierre Legrand, Jacques Mondot, John Morton, Jean Smozack, Peter Van Looser, Xavier Weill, René Yon.

— Non, je ne vois pas, mais je vous passe mon mari. Avec les adhérents inscrits depuis la création des Archers du Val, il se souviendra peut-être d'un nom.

Royer recommença plus lentement son énumération.

— Adeline nous a appris la triste nouvelle. Quel malheur. Après Tendaji, Catherine. Enfin, c'est la vie. Je suis désolé, lieutenant, mais, dit comme ça au téléphone, les noms ne m'évoquent pas un archer. Si vous avez deux minutes à me consacrer, je mets en route mon ordinateur et je regarde dans les inscriptions depuis le début de l'association.

— Prenez votre temps, Monsieur Delalande, je patiente.

Peyrat s'approcha.

— Alors ?

— Il va regarder dans le listing. Il ouvre son ordi. J'attends, dit-il, bouchant le micro avec deux doigts.

— Je classe les autres par la quantité de messages échangés. Si jamais il y en a un qui a pris la mouche, on commencera par lui.

— OK. Oui, Monsieur Delalande, je vous les répète. Antonio Borriglio, Emmanuel Dossou, Nestor Fiorentini, Albert Granger, David Hainder, Pierre Legrand, Jacques Mondot, John Morton, Jean Smozack, Peter Van Looser, Xavier Weill, René Yon.

— Désolé, je n'ai pas ces noms.

— Je vous remercie, Monsieur Delalande, bon week-end à vous et à votre épouse. Il raccrocha.

Royer regarda sa montre. 14 heures 50. Il essaya de joindre la voyante. Répondeur. Il laissa un message, et taquina la chance avec Adeline Taupin.

— Vous tombez à pic, lieutenant, je suis en train de corriger des copies. Il faut quand même que le travail soit fait et cela me permet d'oublier l'horreur d'hier soir. J'allais justement m'arrêter un moment. Vous serez la pause bienvenue. Dites-moi, quel bon vent vous envoie vers moi ?

— Je voudrais que vous me disiez si un nom vous rappelle quelqu'un. Ce sont des personnes qu'a rencontrées votre amie Catherine au cours des mois précédents.

— Je vous écoute.

— Antonio Borriglio, Emmanuel Dossou, Nestor Fiorentini, Albert Granger, David Hainder, Pierre Legrand, Jacques Mondot, John Morton, Jean Smozack, Peter Van Looser, Xavier Weill, René Yon.

— Pourriez-vous me les répéter après David Hainder, je n'ai pas réussi à tous les écrire phonétiquement.

— David Hainder, Pierre Legrand, Jacques Mondot, John Morton, Jean Smozack, Peter Van Looser, Xavier Weill, René Yon.

— Non, jamais entendu parler. Si je pouvais les voir de visu, les lire sur votre feuille, cela m'aiderait, il est possible que je les aie mal orthographiés. Ce soir, je suis libre.

— Désolé, Madame Taupin, je travaille ce soir.

— Dans ce cas, faîtes votre devoir, lieutenant, je vais finir de corriger ceux de mes élèves, répondit-elle, vexée. Elle mit fin à la conversation.

— Que t'a-t-elle demandé ?

— À voir la liste ce soir.

— Dans un bar cosy du centre-ville ou chez elle, suggéra Peyrat. Tu as un ticket, mon vieux.

— Non merci. Je te laisse la priorité. Le mobile vibra dans sa main. Tiens, c'est la voyante.

Royer prit l'appel.

— Bonjour, Madame Torres, merci de me rappeler.

— Entre deux consultations. Vous désirez ?

— Que vous me disiez si Madame Cohen vous avait parlé d'un des hommes que nous avons retenus parmi ses connaissances.

— Pourquoi ne pas le lui demander à elle ?

— Elle est décédée hier soir.

— Misère. Je vous écoute.

— Antonio Borriglio, Emmanuel Dossou, Nestor Fiorentini, Albert Granger, David Hainder, Pierre Legrand, Jacques Mondot, John Morton, Jean Smozack, Peter Van Looser, Xavier Weill, René Yon.

— Redites-moi les quatre premiers.

— Antonio Borriglio, Emmanuel Dossou, Nestor Fiorentini, Albert Granger.

— Dossou.

— Emmanuel Dossou ?

— Le prénom, je ne sais pas, mais le nom de famille, elle l'avait évoqué il y a très longtemps, à la mort de son mari, il me semble. En revanche, je ne sais plus la raison de cette confidence.

— Merci, Madame Torres, cela nous sera utile dans l'avancement de notre enquête.

— À votre service. On sonne, je vous laisse, lieutenant.

Royer leva un pouce.

— Souligne Dossou. Il n'y a que le patronyme qui matche.

— Je prends.

— Il reste Mandon. Je bois un verre d'eau et je continue.

— Je prends le relais ?

— Ça va aller, dit-il, déglutissant. Termine de ton côté.

Royer posa le verre vide sur son bureau.

— Lieutenant, que me vaut l'honneur de votre appel ? Avez-vous arrêté le meurtrier de l'Africain ?

— Nous y travaillons, Madame Mandon, l'enquête suit son cours.

— Que puis-je pour vous ?

— Je vais vous énumérer une liste de noms et vous me direz si Madame Cohen vous avez parlé de l'un d'entre eux.

— Je me concentre sur votre diction, lieutenant.

— Antonio Borriglio, Emmanuel

— Articulez plus lentement, je vous prie. J'essaye de visualiser.

— Antonio Borriglio, Emmanuel Dossou, Nestor Fiorentini, Albert Granger, David Hainder, Pierre Legrand, Jacques Mondot, John Morton, Jean Smozack, Peter Van Looser, Xavier Weill, René Yon.

— Le deuxième est le seul que je connaisse.

— Emmanuel Dossou.

— Tout à fait. Je chantais avec lui à la chorale de la paroisse avant mon déménagement pour Paris. Il a une tessiture haute pour un ténor. Il avait chanté aux obsèques du mari de Catherine. C'était très émouvant.

— Auriez-vous ses coordonnées ? un métier qu'il aurait exercé à l'époque ?

— Oh, non, nous n'étions pas intimes au point d'échanger nos adresses, lieutenant. Il faudrait demander au père Battelier ou au chef de chœur Monsieur Bartoli si ce sont toujours eux qui ont la charge de la paroisse.

— Laquelle ?

— L'église Sainte Eulalie, sur la place qui porte son nom. Demain étant dimanche, le père Battelier officiera la messe de 11 heures. Je ne pense pas que l'horaire ait changé, il y a si peu de prêtres de nos jours, mais je vous conseille de vérifier sur le site de l'évêché.

— Je vous remercie pour votre aide, Madame Mandon. J'irai le voir demain.

— Priez pour l'âme de cet homme de couleur lieutenant, je ferai de même demain. Une question avant de raccrocher, pourquoi ne pas avoir demandé à Catherine ? est-elle souffrante ?

— Je suis porteur d'une triste nouvelle, Madame Mandon, votre amie est décédée hier soir d'une chute.

— Mon Dieu, joignons nos prières pour elle aussi demain, lieutenant.

— Merci. Au revoir.

— Au revoir, lieutenant, Dieu vous garde.

— Alors ?

— Nous avons un number one, Emmanuel Dossou, mais aucun autre renseignement si ce n'est qu'il chantait à la chorale de l'église Sainte Eulalie.

— La messe est demain. S'il pousse toujours la chansonnette, il a peut-être une répétition aujourd'hui.

— Tu blasphèmes, collègue.

— Si peu. 16 heures 10. La vidéo après. On tente ?

— Je suis partant.

Vingt minutes de marche.

Peyrat et Royer furent accueillis par la Vierge Allaitante, une des cinq statues décorant les contreforts de l'église Sainte Eulalie. Soutenant son fils contre son ventre, son bras gauche entourant le dos de l'enfant, elle offrait aux promeneurs dans une posture impudique, son sein gauche jaillissant du corsage ouvert, mamelon durci que tétait le fils au regard bienveillant admirant la mère. Ils contemplèrent la sculpture jusqu'à ce que la température glaciale les poussât à entrer dans le lieu saint.

Royer trempa ses doigts dans le bénitier.

Un signe de croix furtif.

Peyrat, le croyant sceptique, l'imita. *Ça ne peut pas faire de mal.*

L'alléluia s'envolait vers « l'homo sylvestris et pilosus » nommé communément « l'homme à poils ». Les notes caressaient ce personnage légendaire mi-homme, mi-animal, à la pilosité comparable à celle d'un ours. Il était tapi dans l'un des angles de l'abside, jambes repliées sous les fesses, les deux mains cramponnées à une branche, les yeux levés vers le ciel dans une attitude contemplative. Le chant liturgique d'allégresse guida les lieutenants vers les bancs face à l'autel. Le chef de chœur battait la mesure, lisant la partition posée sur le pupitre. Les choristes suivaient avec attention la danse de ses bras.

Royer ressentit une gêne à interrompre la séance de travail. Remarquant son indécision, Peyrat ne tergiversa pas une seule seconde et brandit sa carte de police aux fidèles réunis.

— Excusez le dérangement, Monsieur Bartoli, nous abuserons de votre temps seulement quelques minutes.

— Bonsoir, Messieurs. Il y a méprise, on vous aura mal renseigné, je ne suis pas cet homme. Je m'appelle Lorenzo Pielluni. Vous devez parler de mon prédécesseur. Je ne suis là que depuis trois ans.

— Qu'importe. Connaissez-vous Emmanuel Dossou ?

— Pas du tout. Demandez plutôt au père Battelier qui est dans cette maison de Dieu depuis fort longtemps.

— Et vous, Mesdames, Messieurs, je requiers votre attention. Emmanuel Dossou, vous le connaissez ?

Le mouvement de négation des têtes apporta la réponse.

— La chorale n'existait plus, précisa Pielluni. J'ai fondé celle-ci à la demande du père Battelier lorsque nos chemins se sont croisés. La voie de Dieu est impénétrable. Où nous mène notre destinée ? le sait-on réellement ?

— Vers le prêtre en ce qui concerne la police, répondit Peyrat. Où est-il actuellement ?

— Certainement au presbytère en train de rédiger le sermon de demain.

— Qui se situe ?

— À côté, au numéro 13, place Sainte Eulalie.

— Parfait, la police vous remercie.

Peyrat pivota et avança dans le vaisseau central, dos au Christ crucifié sur sa croix forgée dans le fer, Royer sur ses talons.

À l'extérieur, la température avait encore chuté. Depuis l'aube, elle baissait d'heure en heure selon les prévisions météorologiques ; météo-france ne s'était point trompé, il gèlerait cette nuit. Peyrat redressa le col de son blouson, et, mains dans les poches, il allongea le pas. Royer, toujours imprégné par l'apaisement de l'endroit qu'il venait de quitter, suivait, rêveur.

Peyrat appuya sur la sonnette. Un homme à la chevelure blanche ouvrit la lourde porte cloutée du presbytère.

— Entrez, mes fils, Lorenzo m'a prévenu de votre visite.

Le sourire sur les lèvres étirait les rides du prêtre âgé de 72 ans aux pommettes saillantes. Il avait remplacé la soutane ancestrale par un complet noir avec une petite croix sur le revers de la veste, mais il avait gardé la chemise blanche à col romain et le plastron.

« La tonsure est-elle volontaire ? » se demanda Royer.

Tous trois s'installèrent dans une petite pièce faisant office de bureau comprenant des étagères surchargées de livres, une table avec un nécessaire d'écriture, un ordinateur antédiluvien et son imprimante datant de la même époque, une corbeille recevant les brouillons – les ratures nombreuses prouvaient l'intense méditation du prêtre –, et trois chaises en bois. Crucifix, Vierge Marie, prie-Dieu et autel miniature dans une niche complétaient le mobilier de l'ascète.

— Asseyez-vous, mes fils. Que désirez-vous connaître d'Emmanuel ?

— Nous le décrire physiquement et moralement nous aiderait à mieux cerner cet homme que nous cherchons à joindre dans le cadre d'une affaire ; son adresse aussi.

— Emmanuel possède un trésor : une magnifique voix, un ténor qui manque à notre chorale aujourd'hui.

— Il ne chante plus, s'étonna Royer.

Peyrat avait renoncé à mener l'entretien, les curés, il les respectait sans les côtoyer.

— Malheureusement pour nous, non, depuis trois ans déjà. Cet homme si pieux, intransigeant avec lui-même, avait changé depuis son divorce civil. Il a très mal vécu cet épisode, pourtant, je lui enseignais que cette épreuve faisait partie intégrante de son chemin de vie, les desseins de Dieu. C'était un être possessif, sa possession aura causé sa perte, sa femme ne l'a plus supporté lorsqu'elle a bénéficié d'une retraite anticipée à 58 ans. Ils sont nés la même année, n'ont pas eu d'enfant ; les enfants sont le ciment du couple, soupira-t-il. Il est resté environ deux ans avec nous après la séparation, puis a fini par nous quitter. Il parlait peu, participait rarement aux sorties organisées par le diocèse et encore moins depuis que Sylvie avait élu domicile dans la capitale.

— Sylvie Mandon ?

— C'est elle, inspecteur.

— Lieutenant, mon père.

— Pardonnez-moi, lieutenant. Je crois qu'ils étaient proches. Je les voyais discuter à la fin de la répétition, quelques phrases échangées sur le parvis lorsque je revenais du presbytère pour la messe de 18 heures, à l'époque. Maintenant, je préfère garder mes soirées et dire la messe à 7 heures 30 pour les travailleurs. J'ai quelques paroissiens, pas beaucoup, mais ils sont fidèles.

— Avait-il d'autres activités en dehors de la chorale ?

— Je ne saurais vous dire. Il faudrait questionner à ce sujet Sylvie ou son ex-femme.

— Bien sûr. Auriez-vous une adresse à nous communiquer ?

— Aucunement. Je suis navré, mon fils. Ni pour lui, ni pour ces dames.

— Habitait-il Bordeaux ? les environs ?

— Je n'ai pas souvenance de ce détail.

— Ne vous excusez pas, mon père, vous nous avez grandement aidés.

— Je vous raccompagne.

Ils traversèrent à nouveau le jardin aux plantes médicinales.

— Dieu vous garde, mes fils, dit-il, ouvrant la porte donnant sur la place.

— Au revoir, mon père.

— Au revoir, dit Peyrat, tendant le bras pour lui serrer la main avant de se raviser.

La porte se ferma à l'agitation de la place, préservant le silence que réclamait le recueillement.

— Un instant, j'ai cru qu'il nous bénirait en sortant, railla Peyrat. Les curetons, tous les mêmes.

— Il aurait pu. Il s'est retenu. Il a senti ton désaccord. Une belle personne.

— Qui ne nous a pas renseignés des masses. Il faut téléphoner derechef à Mandon, la secouer un peu. Elle a omis une part de vérité sur Dossou.

— Comme quoi ?

— Son caractère de possessivité extrême. Un sociopathe qu'a pu fuir Mandon justement. Sa mutation était salutaire.

— Ça se tient. On file au QG et on la joint. On se caille dehors.

— Madame Mandon, ici le lieutenant Peyrat de Bordeaux, nous devons approfondir certains points. Je vous entends mal, il y a du bruit autour de vous.

— Je suis dans un super marché. Les courses de la semaine.

— Ce ne sera pas long.

— Attendez, je m'éloigne du rayon des fruits et légumes.

— J'attends.

L'intensité des annonces dans les haut-parleurs baissa.

— Voilà. J'ai garé le caddie au rayon bébé, moins bruyant. Je vous écoute.

— Vous avez oublié de nous raconter l'amitié entre Dossou et vous.

— Amitié, le terme est fort, nous chantions ensemble à la chorale.

— Selon le prêtre que nous avons rencontré cette après-midi, il vous comptait parmi ses amis et ses amis étaient rares.

— Exact.

— Quelle attitude avait-il envers vous ?

— Il était entreprenant depuis son divorce. Très. Je ne sais comment a évolué son attitude depuis que je réside à Paris.

— Une promotion qui a permis de vous éloigner de lui.

— C'est vrai qu'elle a facilité la rupture. Il était possessif avec sa femme ; par la suite, il a transféré son syndrome sur moi. J'ai fini par craindre pour ma vie. J'avais le sentiment qu'il me surveillait. Je le croisais de plus en plus souvent à la sortie du bureau. J'ai fini par avoir peur. Dès que l'occasion d'une mutation s'est présentée, j'ai candidaté.

— Aurait-il pu être violent ?

— Violent, je ne sais pas, mais, sournois, il l'était.

— Lui connaissez-vous une activité autre que le chant ?

— Attendez que je réfléchisse. Une fois, il m'a raconté qu'adolescent, il tirait sur des cibles et qu'il aurait aimé poursuivre, mais ses études ont interrompu ce qu'il nommait son hobby de jeunesse, et sa femme ne l'a pas encouragé à pratiquer de nouveau ce sport. Elle devait avoir aussi peur que moi. Il voulait s'y remettre.

— Tir au fusil, au pistolet, à l'arc ?

— À l'arc, je crois, sans certitude.

— Bien, bien, bien, réfléchissait Peyrat.

— Une autre question, lieutenant ?

— Pas pour l'instant. Au revoir. Il mit fin à la conversation. Quelle heure est-il ?

— Presque 18 heures.

— Les clubs de tir à l'arc ? Tu prends ?

— Je prends. Caboche après les infos, elle sera de meilleure humeur.

À 18 heures 10, Royer consultait l'annuaire de la FFTA, Fédération Française de tir à l'arc domiciliée à Noisy-le-Grand. Trois clubs ou associations étaient dans le périmètre bordelais : les Archers du Val qu'il connaissait, les Archers de Pessac, les Archers de Guyenne. Ce fut dans ce club que le nom de famille Dossou tilta. Le responsable ne souhaitant pas communiquer les renseignements par téléphone, il les recevrait demain matin, 9 heures, à la salle rue Joseph Abria.

Caboche les reçut dans son bureau aussitôt.

— Une piste s'ouvre, chef, commença Peyrat. Le brouillard se dissipe. *Tendue comme un arc, la boss. La hiérarchie ne la ménage pas elle aussi. Chacun son tour.*

— Allez-y, allez-y, Peyrat.

— Emmanuel Dossou, un des rendez-vous de Cohen d'avant Mwangi est un archer.

— Voilà. Quand on creuse, on remonte à la surface le trésor enfoui. Les caméras de rues ?

— Négatif. Une foule pressée à cause du froid qui marche tête baissée le plus souvent. Le signalement fourni par Madame Arnaud pourrait correspondre à un homme, mais on ne distingue pas ses traits.

— Vous avez eu son adresse que nous y allions avec la cavalerie ?

— Tout doux, chef, rendez-vous demain à 9 heures avec le président du club. Il ne se mouille pas, il est comme saint Thomas, il veut voir la plaque.

— Une nuit à frémir. Sociopathe libre de tuer.

— Eh, oui. Bonne soirée à vous, chef ! lança Peyrat.

— C'est cela, rentrez chez vous, lieutenant, et soyez en forme demain, répondit-elle. Royer, vous pouvez rentrer chez vous, vous aussi. Bon travail, complimenta-t-elle. À demain.

— À demain, commissaire.

Comme il avait été convenu la veille au soir, avec une carte de police sous le nez, le président n'émit aucune difficulté à écrire l'adresse de Dossou sur un post-it. Il remit à Peyrat le bout de papier qui lui colla aux doigts. Quant à Royer, il observait dans la salle l'adresse des archers fixant leurs cibles avec une extrême concentration. Delalande avait raison, une bombe aurait pu exploser dans la rue, ils n'auraient pas réagi, focalisés qu'ils étaient sur ce point rouge au centre de cette galette aux cercles colorés quelle que fut la distance ; faire une paille aurait été la suprême insulte.

Peyrat toucha l'épaule de Royer.

— J'ai. Il se débarrassa du maudit petit rectangle jaune en l'appuyant sur le blouson de son coéquipier.

Royer le rangea dans son carnet.

Retour au QG afin de réquisitionner une voiture de fonction performante. Envisager le pire scénario. Une course-poursuite était parfois nécessaire.

Direction rue Boulan. Holster sous les blousons et deuxième chargeur plein dans la poche intérieure.

Peyrat gara le véhicule sur un emplacement livraison, à deux pas du domicile où vivait Dossou. Une rue étroite à sens unique. Des immeubles de construction ancienne faiblement ensoleillés, aux pierres taillées encrassées par la pollution urbaine.

Royer sonna. Aucune réponse ne leur parvint. Évolution d'une désagréable habitude.

— Dossou, un homme si pieux, a insisté le père Battelier, nous sommes dimanche matin, 9 heures 45, il suivra l'office de 10 heures 30.

— Merde ! jura Peyrat, je n'y avais pas songé. Des églises dans le coin ?

— La cathédrale Saint André.

— On fonce.

— Avant la messe !

— Quoi encore ! Tu prends ou tu ne prends pas, ça te regarde, le puritain, moi, je prends !

— Bon, je prends, mais je ne cautionne pas, abdiqua Royer. Petite précision, le puritain est un protestant.

— Si tu veux. On y va ou on couche ici ?

La cathédrale Saint André, ancienne basilique romane où fut célébré le mariage entre Aliénor d'Aquitaine et Louis VII, roi de France, était repérable de loin avec ses deux flèches ciselées. Son portail royal avec son allégorie du Jugement dernier sonnait tel un avertissement à l'oreille du pêcheur.

Royer et Peyrat s'aventurèrent sous le regard des prélats reposant dans leurs niches autour des imposantes portes.

À l'intérieur, des voix chantaient un cantique derrière l'autel, face au vaisseau central.

— Ils répètent, murmura Royer.

— Il n'y avait pas de quoi s'alarmer. Rassuré, collègue, ta messe n'a pas encore commencé.

— Elle ne tardera pas, et des chrétiens prient dans les chapelles.

— Ils ajouteront Dossou à leurs prières après l'interpellation.

— Mécréant.

Peyrat haussa les épaules et s'engagea, bras le long du corps, en direction du chœur longeant les chapelles sur sa droite d'un pas assuré tandis que Royer marchait pesamment à l'opposé, chapelle Notre Dame du Mont-Carmel, les mains jointes. Ils scrutaient les visages. Ils pénétrèrent ensemble dans l'enceinte sacrée.

Parmi le groupe de choristes principalement composé de Bordelais vêtus de leurs plus beaux atours, une famille, à leur habillement d'origine africaine, s'égosillait et dansait façon négro spiritual devant les stalles. Dossou, outré par leur comportement qu'il estimait honteux, réprimait son courroux. Il était coincé entre deux grands-mères sur leurs trente et un, à l'image des fidèles réunis, debout à la deuxième rangée devant leurs chaises paillées.

Peyrat bouscula le rang, éléphant dans un magasin de porcelaines. La gêne occasionnée troubla l'assistance malgré les « pardon, pardon » que proférait Royer en guise d'excuses de l'autre côté du rang, l'idée étant d'avoir Dossou dans le sandwich policier.

Le chef de chœur réclama le silence.

— Messieurs, de quel droit troublez-vous notre répétition ?

— Du droit de la police, rétorqua Peyrat, haut et fort. Monsieur Dossou, veuillez nous suivre ! Maintenant !

L'interpellé poussa la vieille se situant à sa gauche.

— Royer, à toi !

Dossou enjamba un sac à main posé par terre et se trouva face au cadet. Ni une, ni deux, un poing s'abattit sur la mâchoire de ce dernier qui chancela sous la force du coup, heurtant le paroissien derrière lui.

— Oh, putain ! Poussez-vous ! Poussez-vous !

Entre-temps, le chef de chœur avait foncé vers la sacristie.

L'abbé, empêtré dans sa chasuble, vociféra.

— Que se passe-t-il, Messieurs ! ? Vous êtes dans la maison de Dieu !

— Asile, mon père ! supplia Dossou, sentant son arrestation prochaine. Je vous demande d'exercer ce droit accordé aux pères de l'Église !

— Ne soyez pas complice d'un criminel ! rugit Peyrat. Royer, ça va ! ?

Panique dans les rangs. Des hommes courageux s'immobilisèrent derrière la barrière de chœur, ligne de front vers la sortie latérale, tandis que la cathédrale bruissait des chrétiens arrivant pour l'office religieux au fur et à mesure de l'avancée horaire, s'amplifiant au point de n'être plus qu'un brouhaha atteignant l'apothéose à la volée des cloches.

— Je le tiens ! jubila Peyrat.

Le claquement des menottes passa inaperçu avec l'ambiance peu amène qui régnait maintenant. L'abbé s'interposa.

— Vous m'expliquez, Messieurs.

— Cet homme est suspecté de meurtre, répondit Royer, se frottant la peau endolorie.

— Il était de notre devoir de procéder à son arrestation, attesta Peyrat, tirant sa proie devant l'harmonium. Sans violence de sa part, ajouta-t-il, montrant avec son bras le désordre causé, tout ceci aurait été évité.

— Emmanuel expliquez-moi, intima l'abbé.

Dossou refusa le dialogue.

Enregistrement commencé à 11 heures au commissariat central de Bordeaux.

— Monsieur Dossou, où étiez-vous dimanche, il y a huit jours ? démarra Peyrat sur un ton cassant.

— Je me promenais dans la région.

— Précisez.

— Dans la forêt. J'aime m'y balader en cette saison, sentir l'odeur de l'humus.

— Dans la forêt de Hourtin.

— Non.

— Faux. Votre téléphone a été localisé là-bas lorsque vous avez ouvert votre application GPS en fin d'après-midi, à 16 heures 18 exactement, un geste machinal. Vous deviez rentrer chez vous au plus vite, quitter la scène de crime, ne pas être coincé dans la circulation. Les bas de caisse ont gardé la caractéristique du sol lors de votre passage. Nous l'avons analysé : acide, humide et pauvre, celui correspondant à la forêt de Hourtin.

Dossou se tut.

Peyrat reprit.

— La perquisition à votre domicile a révélé la cache de l'arc d'un gaucher avec des flèches dans une malle métallique peinte en vert planquée dans votre cave. Les marques sur les encoches sont identiques à celle des scellés.

La présomption d'innocence invoquée par l'avocat au début de l'entretien s'avérait être un échec cuisant.

Caboche surveillait l'interrogatoire mené par le duo derrière le miroir sans tain. Ce n'était pas le criminel qu'elle observait, mais les deux lieutenants, à l'écoute de leurs répliques. Elle tripotait son fidèle feutre rouge tel une balle antistress.

— Monsieur Dossou, en tuant Tendaji Mwangi vous éliminiez un rival, un homme de couleur comme vous, plus jeune qui plaisait aux femmes. Catherine Cohen vivait depuis plusieurs mois avec la victime alors qu'elle avait refusé vos avances ; nous possédons vos échanges d'e-mails sur le site de rencontre. Africamour. Vous ne récusez pas. Bien. Veuillez noter, Maître, que le silence de votre client a la valeur d'un aveu.

— Des sites comme celui-ci se multiplient sur Internet, ouvert aux inscriptions d'un quidam afin de rompre une solitude pesante. Ce n'est pas un crime d'avoir créé un compte, répliqua l'avocat.

— Il le devient lorsqu'un prédateur fomente de se venger. Adeline Taupin, rappelez-vous, Monsieur Dossou, une personne que vous avez importunée pendant des semaines après votre divorce jusqu'à la terroriser.

— Vaguement.

— Elle chantait avec vous, église Sainte Eulalie. Elle compatissait à votre souffrance pendant votre séparation, et vous l'avez harcelée par la suite jusqu'à ce qu'elle vous fuît. Comme votre femme ! Peyrat frappa la table. Comme avec Catherine Cohen ! La table gémit sur ses pieds sous la violence des coups de paume du lieutenant.

Caboche s'inquiéta. L'intimidation risquait de déraper. Elle souffla lorsque Royer prit la relève.

— Monsieur Dossou, pourquoi avoir tué Madame Cohen après le décès de Monsieur Mwangi ? La voie était libre. Monsieur Omondi n'aurait pas été un obstacle, il décollait vendredi soir pour son pays, il suffisait de patienter, et de tenter à nouveau votre chance avec un autre pseudo.

Dossou ricana.

— Qu'y a-t-il de drôle, Monsieur Dossou ?

— Vous croyez que j'aurais couché avec elle, avec cette traînée…

— Continuez.

— Allez-y ! coupa Peyrat. Éclairez-nous puisque nous sommes deux policiers ignares !

Dossou les toisa.

— Je n'aurais pas baisé ma sœur.

Coup de massue sur la tête des lieutenants.

Un pavé dans la mare des supputations.

— Alors, Messieurs de la police, dites-moi pourquoi j'aurais été son amant. L'inceste est interdit par Dieu.

— Ne mêlez pas Dieu à vos histoires ! s'énerva le flegme Royer.

Derrière le miroir, Caboche frémit. *Si Royer ne se calme pas, l'interrogatoire sera foutu, nous n'aurons pas d'aveu signé.*

Peyrat vint au secours de son collègue ; le râleur de service, c'était lui et non l'inverse.

— Comment expliquez-vous ce lien de parenté providentiel ?

— Je suis le bâtard de la famille Cassagne. La mère de Catherine a eu une aventure avec mon père. Elle était mineure, 17 ans, un âge pendant lequel on aime défier les siens. Un noir dans une lignée de négriers n'est pas envisageable. Un scandale. Une honte indélébile. Catholique de surcroît. Et chez eux, on ne tue pas une vie, on n'avorte pas. Elle a accouché clandestinement et la famille a confié l'enfant à un orphelinat administré par des religieuses. Cela va de soi. Lorsque j'ai géré les biens de ma sœur et ceux de sa mère, j'ai relevé des incohérences. Des versements réguliers à un orphelinat que perpétuait la fille sur le compte courant de Marie-Louise Cassagne suivi d'un virement vers son compte à elle, semblable à un transfert de fonds. Au début, j'ai songé à un don annuel qui permettait la diminution du bénéfice au bilan. Ensuite, j'ai remarqué l'augmentation des dépenses depuis son veuvage. Elle puisait dans son assurance vie. J'ai souhaité l'informer, mais le directeur m'a ordonné de ne pas intervenir. Chacun dépense son argent selon ses envies. Soit. Sylvie m'avait confié les agissements de son amie qui désirait s'inscrire sur un site de rencontre. Avant qu'elle ne parte, j'ai essayé de lui soutirer le nom de ce site. Elle ne le connaissait pas, alors j'ai cherché. Après, c'était un jeu entre ma sœur et moi. Puis, j'ai compris le secret familial, lorsque j'ai approfondi mon propre passé. J'ai commencé à remonter la trace de mon abandon. J'étais divorcé, j'avais le temps.

— Et vous l'avez tuée par vengeance ! clama Peyrat.

— Non ! C'était un accident !

— Taisez-vous, Monsieur Dossou, conseilla l'avocat, posant sa main sur son bras.

— Je ne me tairai pas ! Il est hors de question que je sois accusé du meurtre de ma sœur.

— Demi-sœur, rectifia Peyrat sur un ton adouci, engageant Dossou à soulager sa conscience.

— J'étais venu pour réclamer ma part. J'avais calculé le patrimoine qu'elle me devait ; c'est mon métier de chiffrer. Sa mère était aussi la mienne. Je l'ai vue. J'ai visité la maison de retraite en prétextant vouloir être bénévole auprès des personnes âgées, étant moi-même à la retraite. Elle est gâteuse. J'étais un étranger pour elle, mais une partie de ses biens était aussi à moi, son fils. Catherine refusait de croire à ce que je lui racontais, soi-disant que c'était un mensonge inventé pour la spolier alors que c'était moi que la famille avait dépouillé. Nu comme un ver de terre, le noir, comme au temps de l'esclavage. J'ai expédié un cheveu de la mère à un laboratoire étranger. Le test ADN prouvera la filiation que je lui ai révélée. Elle s'est jetée sur moi avec un couteau ; elle était hystérique. Je me suis défendu. Elle est tombée en arrière, sa tête a heurté le coin de la table, et c'était fini. Je suis parti aussitôt.

— Et l'Africain, Mwangi ?

— Ce gigolo diminuait ma part. L'augmentation des dépenses était la cause de cette fréquentation. Il fallait stopper l'hémorragie sinon je n'aurais rien eu. Elle aurait dilapidé la fortune pour assouvir son plaisir charnel. Savoir où ils étaient ne fut pas difficile. Nous sommes une petite communauté, nous, les archers. Tout se sait. Les chasses sont marquées sur un tableau dans le club, et aussi listées sur Internet. Adeline Taupin tirait à l'arc, une confidence de Mandon. Il m'a suffi de lier les deux : Taupin - Catherine, Catherine - l'Africain. Un appel téléphonique aux clubs de la région et j'avais mon point de mire.

— Et la marque ?

— J'ai suivi Adeline jusqu'à son entraînement, repérage des flèches prêtées de l'association, photographie du D tracé sur l'encoche, très facile à imiter chez moi, mais je n'ai pas eu besoin d'utiliser les miennes.

— Vous reconnaissez donc les faits, Monsieur Dossou, conclut Royer.

— Ne dites plus un mot, exigea l'avocat.

— Article 221-3 du code de procédure pénale, meurtre avec préméditation ou guet-apens relève de l'assassinat. Je vous conseille de lui expliquer sa signification dans le détail, Maître. Brigadier, appela-t-il.

Romain entra dans la pièce.

— Reconduisez Monsieur Dossou dans la cellule. *Sa nouvelle demeure, et pour longtemps.*

Contacter l'auteur :

www. ladydaigre. jimdofree. com
e-mail: daigre1959@gmail.com

Romans policiers
Sur la route de l'enfer, éd. Books on Demand, 2024
Les diamants olympiques, éd. Books on Demand, 2023
Une mort inutile, éd. Books on Demand, 2022
Les tribulations d'un adolescent, éd. Books on Demand, 2 021
Un matin glacial, éd. Books on Demand 2 020
Mortel courroux, éd. Books on Demand 2 018
Trois dossiers pour deux crimes, éd. Books on Demand, 2 017
Lettres fatales, éd. Unicité 2 017
La mort dans l'âme, éd. Books on Demand 2 015
Une vie de chien, éd. Books on Demand 2 015

Romans
Awena, éd. Books on Demand, 2 019
La clé de la vertu, éd. Books on Demand, 2 017
Neitmar, éd. Books on Demand 2 014

Album jeunesse
Coccinella détective, éd. Books on Demand, 2025

Coccinella fête Halloween, éd. Books on Demand, 2020

Coccinella aide le père Noël, éd. Books on Demand, 2020

Coccinella fête le Printemps, éd. Books on Demand, 2 018

Coccinella visite le parc zoologique, éd. Books on Demand, 2 018

Vie pratique

Pom'en chef, éd. Books on Demand, 2 015

Manuel de dessin et de peinture, éd. Books on Demand, 2 018